그런 정답은 없습니다

그런 정답은 없습니다

마음 미장공이 전하는 맘, 몸, 말 이야기

박경희 지음

우리 마음에도 봄, 여름, 가을, 겨울이 있습니다.
그 계절에 맞춰 우리는 어떤 색을 입혀야 할까요?
여기 마음 미장공이 어떤 색깔로 일상 속
자신의 맘, 몸, 말을 다스려야 할지 구체적인 처방전을 제시합니다.

벗나래

그건 정답이 없습니다

강연이 끝나고 사회자가 질문을 유도하자 앳돼 보이는 젊은이가 손을 듭니다.

"선생님의 꿈이 뭔지 알고 싶습니다."

순간 객석에서 웃음이 터졌습니다.

'저 친구는 진짜로 나의 꿈이 궁금한 걸까? 혹시 노인을 한번 흔들어보려고 작정한 건 아닐까?'

예능PD 출신의 순발력이 이럴 땐 요긴합니다.

"우선 작은 꿈부터 얘기할게요. 저는 만나고 싶은 사람이 되고 싶습니다."

뒷줄에 앉은 질문자는 이제 저의 큰 꿈이 뭔지 기대하는 표정을 드러냅니다. 청년과 직선으로 눈을 맞추며 "저의 큰 꿈은" 하고는 잠시 쉬었다가 나머지 문장을 이어 붙였습니다.

"다시 만나고 싶은 사람이 되는 겁니다."

박경희 작가가 다시 책을 낸다는 얘기를 듣고 떠오른 일화입니다. 짐작하시겠지만 여기서 강조해야 하는 단어는 '다시'입니다. 세상을 살면서 다시 만나고 싶은 사람이 되는 것도 쉽지 않지만, 한 번 책을 낸 사람이 다시 새로운 책을 내는 건 여간 어려운 일이 아닙니다. 작가가 그걸 이뤄낸 것에 감탄하고 경하를 보냅니다. 방송사(MBC)에서, 대학(이화여대)에서, 시민단체(YWCA)에서 늘 착실하고 성실하고 진실한 사람이었기에 가능한 성취입니다.

산다는 것은 만남의 연속입니다. 반가운 만남도 있고, 괴로운 만남도 있습니다. 친구들은 말합니다. 퇴직 후 가장 좋은 건 만나고 싶지 않은 사람을 이제 만나지 않아도 된다는 사실이라고. 그러나 희망대로 되는 건 아닙니다. 이웃은 고를 수가 없기 때문입니다. 예전에 저는 이웃을 이야기와 웃음이라는 2행시로 엮은 적이 있습니다. 좋은 이웃을 만나는 것이야말로 남은 인생의 커다란 축복입니다.

직장생활 40년 동안 모나게 살아온 편은 아니지만, 다가오는 삶은 소중한 친구, 다정한 이웃과 함께 행복한 만남 위주로 시간표를 짜고 싶습니다. 제가 정한 즐거운 만남의 조건은 이렇습니다.

'첫째, 내가 만나고 싶고, 둘째, 그 사람도 나를 만나고 싶어 한다.'

내가 만나고 싶은 거야 굳이 숨길 까닭이 없지만, 나를 만나주는(?) 상대방의 속맘까지 어찌 헤아릴 수 있을까요. 혹시 상대가 연기력으로 내면의 부담감을 가린다면 어찌할까요. 그래서 저는 오늘 나를 만나주는 그 사람을 행복하게 해줘야겠다고 연습하고 실천합니다. 감사의 선물을 준비하는 일도 주저하지 않습니다.

강연장도 아니고 청문회도 아니지만 저는 확인하고 싶습니다.

"다시 책을 낸 이유가 뭡니까?"

사실 이런 질문에 정답은 없습니다. 굳이 답을 안 하셔도 됩니다. 사계절 목차 뒤에 '그리고 다시 봄'이 정갈하게 배치되어 있으니까요. 지난번 대학 입학 50주년 행사에서 안치환 가수의 '오늘이 좋다'를 합창했는데, 중간에 이런 가사가 나옵니다.

'남은 인생 통틀어서 우리 몇 번이나 볼 수 있을까.'

나이 들수록 '다시 봄'이라는 두 단어가 뭉클하게 다가옵니다. 쌀쌀맞다고 느꼈던 친구에게 일부러 다가가서 안아주니 중학생 때 청승맞게 들린 영화 제목조차 아름답게 느껴집니다. 그 제목이 이렇습니다.

'미워도 다시 한 번.'

그러니 마음 미장공의 처방전에 나와 있듯, 이유 같지 않은 이유로 멀어진 사람들에게도 다시 마음의 문을 열면 좋지 않을까요. 도대체 좋은 친구, 나쁜 친구의 기준이 뭐냐고요? 그건 정답이 없습니다. 나한테만 잘해주는 친구가 진짜 친구? 더욱이 그런 정답은 없습니다.

- 주철환(전 MBC PD, 이화여대 교수)

한 다정하는 언니의 톡 쏘는 한 수

이 책 저자인 박경희. 나는 그녀를 팀장님, 쌤, 언니 등으로 부른다. 한때 다니던 시민단체에서 나의 팀장님이었던 그녀는 여전히 나에게 영감을 주는 선생님이자 친하게 지내고 싶은 언니이다.

결혼을 일찍 하고 두 아이를 키워낸 그녀는 다소 늦은 나이에 직장 생활을 시작했다. 면접 자리에서 그녀는 왜 돌봄 노동을 경력으로 치지 않느냐고 항의했다. 나는 그 주장이 가히 혁명적이라고 생각했다. 특히 여성인권을 위해 노력해야 할 시민단체였기에 더욱 그랬다.

그녀의 주장이 혁명적일 뿐만 아니라 합리적이기까지 하다는 것을 나는 아이를 낳고 나서야 비로소 깨달았다. 살림과 돌봄은 엄청 어려운 거였고, 그녀는 본인의 철학을 가지고 돌봄 노동을 해왔다. 하지만 그녀를 한마디로 표현하라면 '혁명'도 '합리'도 아닌 '다정'이라고 하겠다. 철학과 사유가 있는 사람만이 타인이나 자신에게 진정 다정할 수 있다는 걸 그녀에게 배웠다. 그녀의 두 번째 책에서도 다정을 한 수 배운다.

— 김지숙(《소녀A, 중도하차합니다》, 《종말주의자 고희망》 등의 저자)

당신의 마음 날씨는 안녕하십니까?

당신은 인연을 믿습니까? 어떤 일이 우연처럼 다가왔다 큰 인연을 맺는 경우가 종종 있습니다. 제게도 그랬습니다. 좋아하는 말이나 숫자, 생년월일, 좌우명 같은 것을 이메일 주소나 아이디, 비밀번호로 쓰는 사람이 참 많습니다. 저는 오랫동안 쓰던 아이디를 버리고, 몇 년 전부터 브라보(bravo)와 숫자를 조합해 사용합니다. 평소 즐기던 노래도 봄여름가을겨울이 부른 'Bravo, My Life!'입니다.

해 저문 어느 오후, 집으로 향한 걸음 뒤에
서툴게 살아왔던 후회로 가득한 지난날
그리 좋지는 않지만 그리 나쁜 것만도 아니었어.
석양도 없는 저녁, 내일 하루도 흐리겠지
힘든 일도 있지 드넓은 세상 살다보면
하지만 앞으로 나가, 내가 가는 곳이 길이다.
Bravo Bravo my life 나의 인생아
지금껏 달려온 너의 용기를 위해

Bravo Bravo my life 나의 인생아

찬란한 우리의 미래를 위해

(후략)

아이디를 바꾼 뒤 자판을 칠 때마다 속으로 주문을 외웠습니다. 이제부터 내 인생은 브라보다! 그러던 어느 날 거짓말처럼 고품격 시니어 전문 매거진 〈브라보 마이 라이프〉에서 원고 청탁을 받았습니다. 첫 해엔 '마음 미장공'이란 제목으로, 다음 해엔 '마음 반창고'란 문패를 달고 2년여에 걸쳐 매월 글을 싣는 행운을 누렸습니다. 이 책은 2023년까지 연재한 글을 계절에 맞게 재구성하고, 수정·보완했습니다. 나와 상대를 귀하고 소중하게 여기는 '존중 감수성'에 초점을 맞춰 엮었습니다.

서로 자존을 지키고 존중하고 배려할 수 있다면 어떤 세상이 펼쳐질까요? 차별이 아니라 존중받고 싶고, 무시가 아니라 인정받고 싶고, 푸대접이 아니라 대접받고 싶고, 냉대가 아니라 환대받고 싶고, 원망이 아니라 사랑받고 싶다면 어떻게 해야 할까요? 이런 물음과 기대에서 출발해 우리 일상과 공동체에서 서로 아끼고, 나와 당신의 존엄성을 살리며 이야기 나누는 자리를 마련해 보았습니다.

살기(殺氣)와 독기(毒氣)를 띤 말 한마디로 몸이 병들고, 마음에 깊은 생채기가 난 적 있습니까? 우리 몸과 마음은 온갖 상처와 고통, 분노가 켜켜이 쌓여 있습니다. 그런 만큼 몸에 생긴 병, 마음에 새겨진 병은 치료하기가 엄청 힘듭니다. 시간도 많이 걸리고, 비용도 많이 들고, 자기에게 맞는 병원과 의료진을 찾는 것도 쉽지 않습니다.

하지만 몸과 맘과 말이 하나라는 인식에 동의한다면 변화는 가능해집니다. 몸과 마음, 정신과 육체, 즉 심신(心身)을 하나로 보는 개념은 그리스어에서 유래한 '트라우마(τραῦμα, trauma)'와 밀접합니다. 트라우마는 전쟁에서 입은 커다란 타격이나 패배, 몸에 난 심한 상처와 손상을 말하는 것으로, 몸이든 마음이든 사람이 '다친 것'을 의미합니다. 심신을 구별하여 생각하지 않는 것은 동양적 사유도 마찬가지입니다. 이런 의미에서 몸과 맘과 말은 하나입니다.

저는 이 책에서 '마음 미장공'이 되어 몸과 마음에 새겨진 상처와 분노에 처방전을 드리고 싶습니다. 몸과 맘에 깃든 상처와 분노를 치유할 수 있는 첫걸음은 말을 바꾸는 것입니다. 공짜 처방전을 함께 나누면서 서로 살리고 귀히 여기는 아름다운 세상을 만들어보면 어떨까요? 환경을 탓하고, 남을 탓하고, 가족이나 심지어 조상 탓을 하고 계시지는 않습니까? 누군가를 원망하고 탓하며 끌려다니는 삶에서 벗어나 당당히 내 인생의 주인공으로 살아가는 지름길도 함께 나누고 싶습니다. 반갑고, 고맙습니다!

– 마음 미장공 박경희 올림

차례

봄

1. 시비를 가리다 병든 당신에게

2. 인생에 그런 정답은 없습니다

3. 외로움에 대하여

4. 몸과 마음을 살리는 살림의 힘

5. 어른의 자격

여름

가을

겨울

그리고 다시 봄

1. 마음을 울리고, 세상을 울리는 사람들

2. 친절하고 또 친절하면, 행복해지는 것은 '나 자신'

3. 용서의 힘, 나도 당신도 살립니다

4. 신이 준 가장 큰 선물, 웃음이라는 묘약

5. 감사는 보물찾기처럼 발견하는 것

봄

세상이 온통 움틀 채비로 분주합니다.
싹을 틔우고 꽃을 피우는 이 계절에
당신 마음은 어디로 향하고 있나요?

1. 시비를 가리다 병든 당신에게

아들과 의절한 정 선생

　지난 설날 고향 다니러 온 아들을 한밤중에 내쫓았다고 속상한 마음을 전한 정순일(가명) 씨. 올해 88세, 미수(米壽)인 정 선생은 저녁상을 물리고 오십 넘은 아들과 TV 뉴스를 보다가 한판 했다고 합니다. 그동안 선거를 치를 때마다 아들이 지지하는 사람이 자신과 달라서 종종 부딪혔었다는군요. 하지만 이번에는 첨예하게 맞붙어 으르렁대다 너무 화가 나 "내 집에서 당장 나가라! 다신 꼴도 보기 싫다!"며 덩치가 산만한 아들 등을 밀어 기어이 쫓아내고 말았다는 겁니다. 그것도 밖에 겨울비가 추적추적 내리는 통에 말입니다.

격분해 자리를 박차고 나온 신 여사

　오랜만에 지인을 만나러 광화문 나들이에 나선 신연정(가명) 여사. 집구석에 갇혀 있다 콧바람을 쐬니 기분이 좋아 발걸음마저 가벼웠습니다. 초코 와플과 시저 샐러드 그리고 거품 가득 카푸치노까지 완벽했습니다. 그 이야기를 꺼내기 전까지는요. 당시 쟁점 한가운데 있던 성추행 사건을 두고 팽팽하게 입장 차를 보이던 두 사람. "자기는 가난하게 자랐는데, 어떻게 보수가 되었어요?"라는 지인의 말을 듣고 어처구니없던 신 여사는 "그런 오만한 발상은 도대체 어디서 나오나요? 진보는 다 그래요?" 하고 맞받아치고 말았습니다.

그 후 주고받은 말은 더 이상 대화가 아닌 평행선을 달리는 입씨름에 불과했습니다. 참다못한 신 여사는 마침내 카페 안 사람들이 쳐다보든 말든 "더 이상 당신이랑은 얘기 못하겠어요. 다시는 만나고 싶지 않아요!" 하고는 벌떡 일어나고 말았다는군요. 분이 안 풀려 밖에 나와서도 씩씩거렸다고 합니다.

시비가 아니라 취향 차이

시비(是非). 옳음과 그름 혹은 옳고 그름을 따지는 말다툼을 뜻합니다.

해 일(日) 밑에 바를 정(正) 자를 옆으로 펼쳐놓은 게 옳을 시(是)라는 글자입니다. 봄이면 천지가 상쾌하게 맑은 공기로 가득 찬다는, 청명(淸明)이라는 절기가 있습니다. 보통은 4월 5~6일 즈음이라 저는 그때가 되면 성묘도 하고, 나무도 심고 그래왔습니다. 1년은 24개 절기(節氣)로 나뉘는데, 그 절기를 구분하는 경계이자 기준이 바로 태양의 움직임입니다. 해가 뜨고 지는 일, 계절의 변화, 낮과 밤, 이런 게 한 치의 어긋남이 없다는 데서 유래한 시(是)는 '옳다', '바르다', '어긋남이 없다'는 뜻을 갖고 있습니다.

아닐 비(非)라는 글자는 새가 양날개로 날아가는 모습을 형상화한 것이라고 합니다. 그런데 그 두 날개가 등을 대고 반대편을 향하고 있어서 '등지다', '그르다', '틀리다', '아니다', 나아가서는 '비방(誹謗)하다'라는 뜻을 가지고 있습니다.

사람 사이 관계가 틀어지거나 어떤 현상을 볼 때, 논쟁을 넘어 언쟁이 되거나, 그래서 의절하거나 영영 안 보는 사이가 되는 경우가 바로 시비를 따질 때입니다. '나는 옳고 당신은 그르고, 내 말은 맞고 네 말은 틀리다.' 한 걸음도 양보 없는 이런 고집, 아집 때문에 관계가 어긋나고 상처를 받기 십상입니다.

봄이 좋은 시어머니와 겨울이 좋은 며느리

당신은 어떤 계절을 좋아하시나요? 필자는 겨울을 좋아합니다. 정말 단순한 이유 때문입니다. 겨울에 태어난 겨울 아이여서 겨울을 좋아합니다. 물론 눈이 좋아서도 그렇습니다.

"얘야, 너는 무슨 계절을 가장 좋아하니?"

"어머니, 저는 겨울이 좋아요."

"야, 겨울이 뭐가 좋냐? 춥고, 다 얼어붙고, 미끄러질까 두려워 외출도 못하고."

이렇게 시비가 붙을 수도 있어요. 그런데 필자가 겨울을 좋아하는 거랑 시어머니가 봄을 좋아하는 것은 시비의 문제가 아니거든요. 호불호(好不好), 취향(趣向)인 거죠. 필자가 정윤희라는 배우를 좋아하고 다른 배우를 좋아하지 않는 것은 옳고 그름의 차원이 아니잖아요? '미스터 트롯 시즌1'에서 경연(競演) 참가자 101명 가운데 이찬원이라는 사람을 좋아하는 것 역시 필자가 옳고, 다른 참가자를 좋아하는 분이 그른 게 아니듯이 말이죠.

'부먹'과 '찍먹' 사이

우리 일상에서 탕수육 '찍먹'과 '부먹', 그걸로 논쟁이 많이 붙곤 합니다. 튀긴 고기 전체에 소스를 부어 먹느냐, 고기마다 따로 소스를 찍어 먹느냐로 어느 편이 더 맛있는지 곧잘 시비나 승부를 가리려 합니다. 그렇다면 팥빙수는 어떤가요? 누가 맞나요?

며칠 전 후배들과 만난 자리에서 저녁을 먹고 빙수 가게에 갔습니다. 주문한 빙수가 나왔을 때 숟가락을 들기 전 필자가 먼저 물었습니다.

"그쪽은 빙수를 다 섞어 먹어요? 아니면 인절미 따로, 팥 따로, 얼음 따로 먹어요?"

그랬더니 다행히 한 사람은 둘 다 괜찮고, 나머지 두 사람은 얼음은 얼음대로, 콩가루는 그 맛대로, 팥은 팥 맛대로 느끼며 따로 먹는다는 거예요.

호불호나 취향이 반대되거나 너무 확실한 사람을 만나면, 그게 부부든 자식이든 아주 친한 사이든 직장 동료든 간에 마음이 상하고 기분이 언짢을 수 있습니다. 옳고 그름의 문제가 아니라 단지 취향이 다를 뿐인데 말입니다.

2. 인생에 그런 정답은 없습니다

한신과 유방

누구나 한 번쯤은 《삼국지》나 《초한지》를 읽고 친구들과 침을 튀겨 가며 등장하는 영웅호걸 중 누가 최고인지 열띤 토론을 펼친 적 있을 겁니다. 화려한 라인업 가운데 필자는 금기(禁忌)였던 배수진(背水陣)을 처음으로 전략에 역이용한 불세출의 명장이자 신출귀몰한 용병술로 패배를 몰랐던 병법(兵法)의 신, 한신(韓信) 이야기를 하려고 합니다. 비범한 능력으로 유방(劉邦)에게 천하 패권을 쥐어준 일등공신, 한신 말입니다.

한신은 초패왕 항우(項羽)나 한고조 유방보다 유리한 입지에서 천하를 손에 넣을 기회가 있었음에도, 이름 없는 자신을 중용(重用)했던 유방이 베푼 은혜를 잊지 못해 포기하고 말았던 인물입니다. 자신이 가진 뛰어난 능력과 사양하는 마음이 오히려 화근이 되어 반란을 도모한다는 유방의 의심에 결국 처형당하고 마는 비운의 주인공이기도 합니다.

여기서 잠깐! 역사적 인물인 한신과 유방을 놓고도 평가가 극과 극인 경우가 적지 않습니다. 밥을 얻어먹고 살 만큼 보잘것없던 자신에게 막중한 역할을 맡긴 은혜를 잊지 않았던 한신이 옳은가요? 아니면 출중한 부하에게 권력을 뺏길 것이 두려워 모반으로 몰고 가 싹을 잘라버린 유방이 옳은가요? 평가가 엇갈리는 만큼 시비를 가리기가 참 어렵습니다. 하지만 정작 존경하거나 좋아하는 인물도 시비보다는 취향을 따르는 경우가 많습니다.

시비에 걸려 넘어지지 않으려면

우리 삶에서 시비로 명확히 나눌 수 있는 문제가 얼마나 될까요. 태양의 움직임은 항상 일정하고 한결같지만, 우리가 사람을 만나고 헤어지는 일이나 사람을 좋아하고 싫어하는 일은 한결같을 수도 없고, 쉽게 예측하기도 힘듭니다. 우리는 동식물이나 물건도 좋아했다가 금방 싫증을 내기도 합니다. 나아가 정치 성향도 진보와 보수라는 스펙트럼 안에서 결이 무척 다양합니다. 한쪽에 실망해 반대편으로 넘어가기도 하고, 다른 한쪽에 상처받아 그 반대편으로 옮겨가기도 하듯이 말입니다. 시비를 걸고 시비를 따지는 대신 취향을 존중해줄 필요가 있습니다. 그래야 우리가 덜 고통스럽습니다.

그러니 취향이나 호불호에 시비 걸지 맙시다! 시비 걸고 싶은 마음이 들 때, 필자가 앞서 들었던 예를 떠올리면 조금이나마 도움이 될 것입니다. '아, 봄, 여름, 가을, 겨울 중 어느 하나를 누가 좋아하는 게 죄가 아니고 틀린 게 아니지. 어리석은 게 아니지. 또 탕수육, 팥빙수도 그렇지'라고 생각한다면 관계가 좀 더 부드러워지고 이해할 수 있는 폭이 넓어지게 됩니다. 그 사람 나름대로의 생각과 의견과 취향을 존중해줄 수 있을 것입니다. 옳고 그름으로 정색해 따지지 말고, 취향의 문제로 존중하고 이해하면 한결 따뜻한 관계가 만들어지지 않을까요.

정답 없는 인생, 모범 답안이 있을 뿐

나와 당신을 옳고 그름이라는 시비의 마음으로 보면 갈등이 고조되고 관계를 망치기 쉽습니다. 나와 생각이 다른 사람에게 공연한 적개심을 품어 이성을 잃은 행동을 저지른 후 곤욕을 치르는 경우도 생깁니다. 우리 인간은 해와 달이 일정한 주기로 움직이듯 한결같을 수 없습니다. 늦잠을 자는 해와 결근하는 달을 본 적이 있습니까. 봄이 지나가고 오뉴월에 겨울이 다시 온 적 있습니까. 정답이 하나인 수학 문제와 우리 인생은 다릅니다. 저마다 모범 답안을 갖고 있을 뿐입니다. 답이 여러 개라고 틀린 삶이 아니고, 그릇된 인생이 아니듯이요. 자신이 푼 답안을 존중받고 싶다면 남이 푼 답안도 존중해줘야 합니다.

잡초로 볼지 꽃으로 볼지

"악장제거무비초(惡將除去無非草) 호취간래총시화(好取看來總是花)."
나쁘다고 없애고자 하면 풀 아닌 것이 없고, 좋아하여 취하고자 들여
다보면 모두가 꽃이라는 뜻입니다. 나와 생각이 다르다고, 취향이 다
르다고 상대를 미워하면 그 사람은 세상 쓸모없는 잡초가 됩니다. 백
해무익하다 단정해 얼른 뽑아버리려고 할 것입니다. 하지만 살다 보
면 나와 다른 의견이 관계를 발전시키고 묵은 문제를 해결하는 단초
가 되는 경우가 많습니다. 듣기 불편하고 괴로운 이야기도 좋게 새기
려고 마음먹으면 자신에게 도움이 되기도 합니다. 숨겨진 아름다움과
가치를 발견하는 일에 도전해보세요. 내가 소중하듯 나와 다른 그 사
람도 소중하니까요. 내가 아름다운 존재이듯 그 사람 역시 아름다운
존재니까요. 모두가 꽃입니다.

3. 외로움에 대하여

외로움에 발 벗고 나선 영국과 일본

2018년 영국 정부는 한 발 앞서 외로움에 대처하기 위해 고독부(Ministry for Loneliness, 엄밀히는 외로움부)를 만들고, 다양한 캠페인과 가이드라인을 두어 민관이 협력하는 프로젝트를 진행하고 있습니다. 또 일본은 2021년 고독·고립 담당 장관을 임명하고 국가적 과제로 삼아 대응하고 있다고 합니다. 외로움과 소외, 고립은 우울이나 무기력 같은 감정 상태에 머무르지 않고 자신을 해치는 극단적 상황으로 나아가기 쉽습니다. 특히 전 세계가 자살률이 상승하고 이로 인한 손실과 상처가 점점 늘어나고 있는 현실을 간과해서는 안 됩니다. 하루에 담배 15개비를 피우는 것과 같은 막대한 신체적 손상을 가져올 뿐만 아니라 정서적 유대와 인간관계가 훼손되는 등, 외로움과 고립감이 만성이 되면 결근이나 생산성 저하 등 경제 전반에도 막중한 피해를 가져온다고 합니다.

고독, 외로움은 연령과 성별을 뛰어넘는 인간 고유의 심리 상태입니다. 하지만 경제적·신체적 환경이 곤란할수록, 특히 갑작스런 퇴직이나 은퇴를 맞은 중장년 세대일수록, 사별이나 이혼 등 가족 관계가 단절되거나 상실될수록 그 영향은 심각할 수 있습니다. 소외와 단절과 고립으로 인한 소통 부재는 외로움을 증폭시키는 촉매가 됩니다. 이제 외로움에 대처하는 일이 단지 개인이 해결해야 할 수준에서 사회와 국가가 긴급하게 대응해야 할 과제로 부상한 것만은 틀림없습니다.

또 시작이다

연결되기 싫다가
연결되고 싶다가

알아주기 싫다가
알아주고 싶다가

전화하기 싫다가
전화하고 싶다가

이해하기 싫다가
이해하고 싶다가

안아주기 싫다가

안아주고 싶다가

글 올리기 싫다가

글 올리고 싶다가

몇 해 전 필자가 사회관계망 서비스(SNS)에 올렸던 글입니다.

당신은 사랑받기 위해 태어난 사람입니까? 확실합니까?

암요, 당연하죠.

글쎄요, 잘 모르겠습니다.

당신은 관심 받기 위해 사는 사람입니까?

예, 맞습니다.

아마, 아닐 걸요.

외로움과 관종(關種) 사이

"세상에는 큰 관종과 작은 관종 그리고 자신은 아니라고 우기는 관종이 있습니다. 그래서 저는 관종 중의 관종입니다."

스스로를 '관종'이라 고백한 제게 어떤 분은 자신을 '관종인 듯, 관종 아닌, 관종 같은 관종'이라고 유행가 가사에 빗대어 말했습니다. '관심종자(關心種子)'라는 말을 줄여서 흔히 '관종'이라고 말합니다. 남들에게 주목받고 싶어 하는 정도가 지나쳐서 병적인 상태에 이른 사람을 부르는 이 말은 처음에는 비하나 조롱의 의도를 담고 있었습니다. 하지만 요즘에는 누구나 내면에 갖고 있는 당연하고 정상적인 욕구나 욕망으로 인식되고 있습니다. TV 예능 프로그램에서 출연자들이 서로 관종이라고 놀리거나 흔쾌히 관종임을 인정하며 웃음바다를 만드는 장면을 많이 보셨을 겁니다.

머리를 자르거나 평소에 안 입던 치마를 입거나 염색을 하거나 인터넷에 글을 새로 올리거나 프로필 사진을 바꿀 때, 누가 알아주지 않으면 어떤 마음일까요? 유튜브나 페이스북 같은 인터넷 공간에서 나보다 늦게 시작한 사람들이 구독자나 친구 수도 훨씬 많고, '좋아요' 같은 공감 숫자가 몇 배, 몇십 배 많을 때 우리는 절망합니다. 부러움을 넘어 질투심이 샘솟고, 자신을 탓하고 자학하면서 지독한 외로움에 빠집니다.

이처럼 외로워서, 연결되고 싶어서, 관계를 맺으려고 시작한 그런 행위가 자신을 더욱 초라하게 만들고 위축시킵니다. 관심을 받고, 공감을 얻고, 위로와 인정을 받으려고 시도한 일이 정작 우리 자신을 소외시키고, 살아 있는 유령으로 둔갑시키는 것은 아닐까요. 타인이라는 '시선(視線)의 감옥'에서 우리는 언제쯤 탈출할 수 있을까요. 누구를 위해서 뭔가를 바꾸고, 새로 꾸미고, 주저리주저리 자기 담벼락이든, 남의 공간이든 심지어 뉴스기사에 댓글까지 달면서 살까요. 도대체 우리는 왜 이러고 살까요.

외로움은 디폴트다!

이 모든 것의 원인은 바로 외로움 때문입니다. 우리가 모두 미치도록 외로운 탓입니다. 이렇게 사랑과 관심에 목마른 우리는 외로움을 디폴트(default)로 살아갑니다. 여기서 디폴트는 '채무 불이행'을 뜻하는 경제용어가 아니라, 컴퓨터를 사용할 때 시스템이 자동으로 적용하는 미리 정해진 값이나 조건을 말합니다. 인간인 이상 태어날 때부터 죽을 때까지 외로울 수밖에 없기에 외로움은 디폴트요, 미리 정해진 운명 같은 상수(常數)라 하겠습니다.

몇 해 전 국민적 사랑을 한 몸에 받던 유명 연기자가 세상을 등졌습니다. 그는 생전에 남긴 인터뷰에서 연예인으로 살아온 지난 20여 년 동안 단 하루도 외롭지 않은 날이 없었다고 고백했습니다. 외로움의 끝은 세상과 영원히 이별하는 것입니다. 그렇게 인기와 명예, 사랑을 받았던 사람도 이 넓은 세상에 내 편이 한 사람도 없다고 느낄 때 외로움에 질식되고 맙니다.

가정에서, 직장에서, 모임에서 소외감을 느끼고 주변 사람들로부터 외면당했다고 느낄 때, 실제로 우리 뇌는 통증을 느끼는 부분이 활성화된다고 합니다. 이렇게 내 영혼과 육신을 갉아먹는 외로움을 어떻게 해야 할까요.

외로움을 대하는 법

수선화에게
— 정호승

울지 마라

외로우니까 사람이다

살아간다는 것은 외로움을 견디는 일이다

공연히 오지 않는 전화를 기다리지 마라

눈이 오면 눈길을 걸어가고

비가 오면 빗길을 걸어가라

갈대숲에서 가슴 검은 도요새도 너를 보고 있다

가끔은 하느님도 외로워서 눈물을 흘리신다

새들이 나뭇가지에 앉아 있는 것도 외로움 때문이고

네가 물가에 앉아 있는 것도 외로움 때문이라고

산 그림자도 외로워서 하루에 한 번씩 마을로 내려온다

종소리도 외로워서 울려 퍼진다

이 시에서 시인 정호승이 노래한 수선화의 외로움은 뭘까 궁금해집니다. 그 수선화가 우리 인간일 테니까요. 호수에 비친 아름다운 자기 모습에 반해 사랑에 빠져버린 나르시스가 물속에 몸을 던진 뒤 피어난 꽃이 수선화입니다. 외로움을 잘 견디는 방법은 외로움을 뛰어넘어 극복하는 것이라고 흔히들 말합니다.

외로움에 골몰하다가 접한 이 시에서 저는 퍼뜩 이런 생각이 스칩니다. 그렇다면 거꾸로 현대 인류는 나르시스로 상징되는 자기애(自己愛, Narcissism)가 결핍되었기에 외로움으로 고통 받는 것은 아닐까 하는 생각 말입니다. 정신분석학 용어인 자기애는 크게 병적인 인격 장애와 건강한 나르시시즘으로 구분됩니다. 외로움에 대한 처방전으로 제가 이야기하는 것은 당연히 건강한 자기애를 말합니다. 이것은 곧 '고독'이란 말과 긴밀한 관계를 갖습니다.

외로움과 고독의 차이점

우리는 어렸을 때, 특히 사춘기 때 인생에 대해 심오한 뭔가를 깨달은 양 멋을 부리고 싶어 했습니다. "너, 뭐하고 있어?" 하고 동무가 물으면 한껏 어깨에 힘을 주고는 "짜식, 나 고독을 씹고 있지" 하고 대답해 본 적이 있을 겁니다.

독일의 철학자이자 신학자인 폴 틸리히는 혼자 있음을 두 가지로 나누었습니다. 혼자 있는 고통이 '외로움(loneliness)'이라면, 스스로 택한 혼자됨의 즐거움이 '고독(solitude)'이라고 말입니다. 외로움은 상실에서 비롯되기에 필연적으로 빈 가슴이 됩니다. 친구나, 연인, 팬, 지지자 등 잃어버린 무언가가 채워지지 않고 비어 있는 상태입니다. 특히 내가 타인을 필요로 하는데도 거절당하거나 무시당한 소외가 외로움이라면, 고독은 타인과 상관없이 자발적으로 스스로를 홀로 두는 주체적이고 긍정적인 감정입니다. 내가 원해서 확보한 시간을 내 의지로 채우는 즐거움이 고독입니다. 자기가 원하는 상태인지, 즉 '자발적'인지 '아닌지'가 외로움과 고독을 결정적으로 가르는 기준이 됩니다. 결국, 외로움은 피할 수 없다면 고독으로 즐겨야 합니다. 내가 살기 위해, 내가 행복하기 위해서 말입니다.

법정스님이 《홀로 사는 즐거움》에서 역설한 것도 외로움보다는 고독에 주목한 것으로 보입니다. 스님은 비록 태어날 때나 세상을 뜰 때 본질적으로 혼자일 수밖에 없는 존재가 사람이지만, 그러면서도 섬처럼 서로 연결되어 있는 게 바로 우리이고, 우리는 홀로 있을 때 진리에 더 가까워질 수 있으며, 자기를 관리할 수 있는 사람이 고독할 수 있다고 말합니다. 아름다운 시, 그림, 음악 같은 예술이 우리에게 감동을 주는 것도 처절한 외로움을 고독으로 바꾼 데서 비롯되지 않았을까요? "영감을 받는 것은 오로지 고독 속에 있을 때만 가능하다"고 괴테가 말한 것처럼요.

외로움과 고독을 사전적으로 정의하면 사실 별반 차이가 없습니다. 다만 철학적, 심리학적, 실존적으로 구분될 뿐입니다. 다음 표를 찬찬히 들여다보면 누구나 안고 살아야 하는 외로움, 내 안에 웅크리고 있는 외로움을 고독으로 승화시킬 수 있는 자기만의 방법이 떠오를 것입니다.

	외로움(Loneliness)	고독(Solitude)
나의 의지	비자발적 ▶ 원하지 않아도 찾아옴. **필수**	자발적 ▶ 내가 원할 때만 맞이함. **선택**
타인과 나	내가 타인을 필요로 함에도 불구하고 '거절당한 소외'	타인이 나를 필요로 하지만 그것을 넘어서는 '자발적인 자기 격리'
다른 이름	의존감	자존감
초점과 중심	타인, 가족, 연인, 조직, 세상	나 자신
관계의 강도	과도한 기대	적절한 거리
관계의 주도성	끌려가는 삶 ▶ 종·노예의 위치	이끄는 삶 ▶ 주인의 위치
대화	대상을 필요로 함	내면의 나와 만나는 시간
감정 상태	우울, 무기력, 분노, 비애, 질투	편안함, 안도, 즐거움, 만족감
기대	남이 내 안의 원석을 깎아주기를 갈망	내가 나를 깎고 다듬어 보석으로 만듦
처방	위로, 인정, 공감, 홀로 서기	나무처럼 홀로 서는 즐거움 모색
자기애(自己愛)	자신에 대한 불안, 불신, 자학	자신에 대한 믿음, 용기, 자립
운명애(運命愛)	비관	낙관
학자별 정의	• 혼자 있는 고통 (폴 틸리히) • 관계로부터 격리된 부정적 혼자됨 (해리 스택 설리번) • 외로움을 견디지 못하고 관계에 휘둘리는 사람은 평생 다른 사람의 기준에 끌려 다닐 뿐이다 (사이토 다카시)	• 혼자 있는 즐거움 (폴 틸리히) • 스스로 선택해 '나다움' 을 찾는 긍정적 혼자됨 (해리 스택 설리번) • 인간의 불행은 고독할 줄 모르는 데서 온다 (앤서니 스토)

자발적 고독은 나에 대한 사랑

국민 애창곡 중 하나인 '킬리만자로의 표범' 노랫말을 살펴볼까요. 실존적, 관계적 외로움을 처절히 이겨내고 자신이 주인공으로 우뚝 서, 마침내 고독을 마주하는 한 인간의 진면목을 고스란히 읽을 수 있 습니다. 가왕(歌王) 조용필의 내레이션까지 함께 들어보면 더욱 실감 이 나실 겁니다.

자고 나면 위대해지고

자고 나면 초라해지는 나는

지금 지구의 어두운 모퉁이에서 잠시 쉬고 있다

바람처럼 왔다가 이슬처럼 갈 순 없잖아

내가 산 흔적일랑 남겨둬야지

빛나는 불꽃으로 타올라야지

고독한 남자의 불타는 영혼을

아는 이 없으면 또 어떠리

사랑이 외로운 건 운명을 걸기 때문이지

모든 것을 거니까 외로운 거야

내가 지금 이 세상을 살고 있는 것은

이십일 세기가 간절히 나를 원했기 때문이야

오늘도 나는 가리 배낭을 메고

산에서 만나는 고독과 악수하며

그대로 산이 된들 또 어떠리

바야흐로 혼술, 혼밥, 혼영(혼자 영화보기) 등 뭐든 혼자 하는 시대가 되었습니다. 코로나 대유행 이후 우리 인류는 더욱더 혼자 먹고, 혼자 마시고, 혼자 놀고, 혼자 여행하는 '호모 얼로니우스(Homo Aloneus: 외로운 인간)'가 되어 가고 있습니다. 이제 외로움을 넘어 스스로 존재가 환하게 빛나는 '홀로움', 참다운 고독을 맞이할 때입니다. 타인에게 휘둘리며 '시선의 감옥'에 갇혀 있는 외로운 나를 구원해야 합니다. 허공에 부딪혀 흩어지는 자조 섞인 독백 대신 '내면의 나'와 진솔한 대화를 나누어 보면 좋겠습니다.

그동안 방치하고 무심했던 '진짜 나'에게 말을 걸어 보세요. 많이 기다렸다고, 어서 오라고, 그때도 사랑했고, 지금도 사랑하고, 앞으로도 너를 지켜보며 사랑할 거라고 얘기해줄 것입니다. 내 삶의 노예로 끌려가는 게 아니라 주인으로 당당히 우뚝 서기 위해서 말입니다. 나를 사랑하는 연습, 같이 한 번 해보실까요?

4. 몸과 마음을 살리는 살림의 힘

설거지를 사랑하는 남자들

세계적으로 손꼽히는 부자 두 사람. 아마존 창업자 제프 베조스와 마이크로소프트를 탄생시킨 빌 게이츠의 공통점은 무엇일까요? 이 두 부호(富豪) 모두 하루도 빼놓지 않고 매일 하는 습관이 바로 설거지라고 합니다. 가족과 함께 저녁 식사를 마치면 설거지를 거르지 않습니다. 일과 삶, 공적 영역과 사적 영역을 균형 있게 운영하는 것을 '워라밸(Work-Life Balance)'이라고 한다면, 두 사람은 나아가 직장과 가정의 조화, 즉 '워라하(Work-Life Harmony)'를 추구합니다. 가정에서 에너지와 사랑을 충전해 다음 날 일터로 나가는 두 남자.

해외에 두 남자가 있다면 국내에도 그에 못지않은 사람이 있습니다. 대한민국 남편이라면 '공공의 적' 역대 1위 자리를 한 번도 놓치지 않은 최수종 씨입니다. 옆집 정 여사가 집안일에 과부하가 걸린 어느 날, 숨도 못 쉬게 몰아치며 설거지까지 겨우 마친 순간, 하필이면 TV에서 이런 소리가 들립니다.

"아니, 어떻게 앉아서 밥을 차려 달라고 할 수 있어? 난 단 한 번도 아내가 밥할 때 앉아 있어 본 적이 없어. 옆에 꼭 붙어서 뭐가 필요한지 챙기고, 심부름하고, 무거운 것도 들고 그래야지."

그 순간 소파에 편안히 기대어 휴대전화로 유튜브에 몰입해 있는 남편이 눈에 띕니다. 울컥 눈물이 속에서 차오릅니다. 분노를 넘어 슬픔입니다. 이거 정 여사만 느끼는 심정일까요?

엄마가 뿔났다!

이번 주제는 '살림'입니다. 살림 하면 누가 가장 먼저 떠오를까요. 엄마, 아내, 주부. 그렇습니다. 집안일을 도맡은 사람. 밥, 빨래, 청소, 육아, 공과금 납부, 저축, 분리수거, 제사, 경조사 챙기기 등 눈에 보이는 일과 보이지 않는 일이 산더미입니다. 해도 해도 티가 안 나지만, 안 하면 금방 티가 나는 그 일이 살림입니다.

KBS-2TV에서 2008년 방영되어 40%가 넘는 시청률을 기록한 '엄마가 뿔났다'라는 드라마가 있습니다. 폭발적인 인기에 힘입어 주인공을 맡은 김혜자 씨는 그해 방송사와 백상 연기대상을 수상합니다. 엄마이자 며느리이자 아내인 주인공은 62세 되던 날, 당당히 1년 휴가를 선언하고 원룸을 얻어 집안 탈출에 성공합니다. 남편부터 세 자녀, 며느리까지 모두가 반대하던 휴가를 단 한 사람, 시아버지의 동의를 얻어 감행합니다. '엄마 파업'으로 획득한 자유와 나만의 시간을 누리기도 잠깐, 임신한 며느리가 하혈을 하고 남편이 교통사고를 당하면서 어쩔 수 없이 집으로 복귀합니다. 66부작 드라마 마지막 장면에서 엄마는 이렇게 독백합니다.

"하지만 다음 생에는 나도 내 이름 석 자로 불리면서 한번 살아보고 싶다."

금쪽같은 내 새끼와 82년생 김지영

그 뒤 10여 년이 훌쩍 지났습니다. 강산이 적어도 한 차례는 바뀌었고, 세상은 빛의 속도로 달라졌습니다. 하지만 우리 가정은요? 책과 영화로 엄청난 공감과 논쟁을 불러일으킨 '82년생 김지영'은 오히려 동서양 할 것 없이 나라 밖에서 더 주목을 받았습니다. 요즘 채널A에서 방영하는 '금쪽같은 내 새끼'에는 집안일에 질식해 숨구멍 하나 찾지 못한 채 사회와 단절되어 정신적·육체적·정서적 고통을 안고 사는 엄마들이 쉴 새 없이 등장합니다. 나만 그런 것이 아니라 201호도 그렇고, 504호도 마찬가지입니다.

살림의 힘

이제는 살림의 가치를 살려야 합니다. 살림하다 아프고, 마음 상하고, 병드는 것은 말이 되지 않습니다. 왜냐구요? 살림은 살리는 일이니까요.

'살림은 ㅇㅇ이다!'

빈 곳에 알맞은 답은 무엇일까요?

예, 맞습니다. 침대가 가구가 아닌 과학이란 광고 문구처럼, 살림은
과학입니다. '밥은 하늘이다', '밥심으로 산다'고 말합니다. 밥을 지을
때는 모든 과학이 다 동원됩니다. 물, 불, 가스, 전기 같은 에너지의
원리도 알아야 하고, 칼, 솥, 팬 등 각종 재질의 도구와 전자제품에 대
한 이해와 능숙함도 필요합니다. 제철 식재료도 알아야 신선하고 영
양 있는 것들로 값싸게 구입해 맛있게 조리할 수 있습니다. 김장김치
만 해도 발효 기간과 온도가 맛과 선도에 얼마나 큰 영향을 끼치는지
아실 겁니다. 된장이나 간장 만들기는 어떻고요. 과학의 정수가 모여
있는 게 김치와 장맛입니다.

1단계를 통과하셨다면 이번엔 다섯 글자에 도전해볼까요?

'살림은 ㅇㅇㅇㅇㅇ이다.'

제가 준비한 답은 '정성 끝판왕'입니다. 정성이란 귀찮은 게 귀찮지
않은 것입니다. 무슨 말이냐고요? 아이 똥 기저귀를 가는 일, 산지에
서 갓 올라온 생선과 채소를 사러 전통시장에 가는 일, 퀴퀴하고 고린

내 나는 양말을 빠는 일은 힘이 들어도 귀찮지는 않습니다. 내 식구, 내가 사랑하는 사람을 위한 일이기 때문에 귀한 일입니다. '귀찮다'는 '귀(貴)하지 아니하다'는 말입니다. '귀찮지 않다'는 그래서 '매우 소중하고 귀하다'는 뜻입니다. 코로나 시국 때 온 식구가 재택근무에 비대면 수업으로 삼시세끼 집밥 시대가 열렸습니다. 돌아서면 밥하는 '돌밥돌밥돌밥'으로 살림하는 일이 새삼스레 의미가 생긴 세상이니 참 알다가도 모를 요지경 속입니다.

'살림은 ○○○○ 테스트다.'

3단계는 좀 더 어렵습니다. 맞히셨다면 대박! 진정한 살림꾼, 프로 '살림 장인'으로 인정합니다. 최근 들어 세대 가릴 것 없이 유행하는 성격 유형 검사 MBTI라고 답하셨다면 정답에 거의 근접한 셈입니다. '성질머리'가 제가 원하는 답입니다.

살림을 하다 보면 자기 본성, 성품이 성질머리로 뾰족 튀어나오는 순간이 정말 많습니다. 배운 적이 있든 없든 계급장 떼고 처음부터 끝까지, 하나부터 열까지 새로 배워야 하는 것이 살림입니다. 예전에 실던 본가의 습성을 새 식구, 새 풍습과 문화에 맞춰가다 보면 지지고 볶다가 툭툭 성질 하나가 머리를 들이밀기 마련입니다. 모난 마음, 욱하는 성질을 누르고 둥글리는 것이 살림입니다. 못된 생각, 원망하는 마음으로 칼질을 하면 꼭 손을 베거나 다칩니다. 피를 보고서야 '아차' 합니다. 식구들 먹일 음식, 살리려는 음식을 만들면서 독한 마음, 살기(殺氣)를 넣을 수는 없습니다. 그럴 때 먹은 밥은 희한하게 체합니다. 귀신같이 어찌 알까요.

엄마라는 경력은 왜 스펙이 안 될까?

그만큼 귀하고 소중한 살림을 우리는 오랫동안 어떻게 치부해 왔을까요. '부엌데기', '솥뚜껑 운전수', '아줌마가 밥이나 하지' 등 이런 말로 비하하고 업신여기지 않았나요? 남자들뿐 아니라 살림의 주된 당사자인 여자들조차도 하찮거나 허드렛일로 여기고, 잡일로 대하는 경우가 많았습니다. 세상에 하찮은 일은 없습니다. 그 일을 잡일이니 막일이니 허드렛일이라고 대하는 그 마음이 하찮고 사소할 뿐이고, 그 태도가 값쌀 뿐입니다. 모두가 소중하고 꼭 필요한 일입니다. 특히 살림은 신성하고 고귀할 뿐만 아니라 사람과 물건과 주변을 살리는 일입니다. 그렇게 살림을 허드렛일로 대하는 순간, 우리는 자기 자신을 위축시키고 보잘것없는 존재로 만들고 맙니다.

TV 드라마나 예능 프로그램에서 주부와 살림하는 사람을 대하는 태도는 대체로 이렇습니다.

"집에서 놀면서…."

'놀면서'라고도 안 하죠. '처놀면서'라고 하죠.

"집에서 처놀면서, 잠이나 처자면서 도대체 하는 일이 뭐야?"

안 그래도 무보수 노동, 사적 영역에만 묶여 있는 삶에서 느끼는 소외와 단절로 살림하는 사람은 충분히 불안하고 혼란스럽습니다. 이런 식으로 비하와 경멸과 조롱이 섞인 표현을 스스럼없이 한다면 댁의 아내는, 엄마는, 며느리는 위축되고 분노할 것입니다. 오죽하면 몇 년 전 장안에 화제가 되었던 제약회사 자양강장제 광고도 있잖아요. 태어나서 가장 많이 참고 일하고 배우며 해내고 있는데, "왜 엄마라는 경력은 스펙 한 줄이 안 될까?"라고 자조적으로 한탄하는 장면이 나옵니다. 그게 바로 당시 사람들의 마음을 화나게도 하고 울렸던 부분입니다.

주부의 일, 살림살이의 가치를 경제적으로 환산하는 것도 한때 유행으로 그치고, 2024년 현재까지도 주부라는 직업이 이력서, 자기소개서 한 줄 경력으로도 인정받지 못하는 게 현실입니다. 남에게 맡길 때는 살림살이 모든 단계마다 비용을 지불해야 하는데도 말입니다. 출산, 육아, 가사 노동, 가정 경영과 관리, 부모님이나 아픈 가족을 부양하고 돌보는 일이 아예 경력이 아니라고 합니다. 이외의 영역에서 경력을 개발하라고 밖으로 내몰기만 하는 게 어불성설(語不成說)이고, 선후(先後)가 바뀐 이야기입니다.

먹을 때의 단상

저는 첫 책 《혼자 술 마시는 여자》에서 밥 먹는 모습을 보고 이렇게 썼습니다.

밥 먹을 때
우리는 겸손해집니다.

제아무리
난 척하려 해도
뻐기려 해도

고개를 숙이지 않고는
먹을 수 없기에

내 앞에서
정수리 보여주는 당신을

나는 사랑합니다.

오늘 아침 봄동으로 된장국을 끓였습니다. 멸치국물과 쌀뜨물에 친정어머니가 만들어주신 된장과 생애 처음 담근 보리고추장으로 국물을 내서 상에 올렸는데 다들 참 맛있게 먹었습니다. 국그릇에 고개를 박고 맛나게 먹는 남편과 두 아들의 정수리를 보고 저도 정수리를 보여줍니다. 누구나 밥 먹을 때면 어떤 자리에서든 정수리를 보여주잖아요. 특히 한국 음식은 국물이 많기 때문에. 같은 동양 문화권이라도 중국이나 일본 음식처럼 그릇을 손에 들고 먹는 게 아니라 고개를 숙여서 먹습니다.

그런 것처럼 먹는 일, 살리는 일은 신성하고 고귀한 한편 스스로를 낮추고 겸손하게 만드는 일이라 여겨집니다. 바로 살림의 힘이 그런 모습이지 않을까요? 맛난 음식 드시고, 서로 정수리 보여주면서 낮추는 마음, 사랑하는 마음으로 하루를 지내셨으면 좋겠습니다.

5. 어른의 자격

요즘 들어 특히 사람 사이 거리가 모호해졌습니다. 그렇다 보니 각자의 영역을 침범하면서 서로의 존엄성을 해치거나 인간의 품격을 훼손하는 크고 작은 문제가 사회적으로 심각한 수준에 이르고 있습니다. 이런 세태 속에서 '어른다움'이 무엇인지 돌아보게 됩니다. 아버지가 부재(不在)한 세상, 존경할 어른이 실종된 사회에 살고 있는 우리는 정말 안녕하십니까?

'꼰대'와 '깐부'

오래 전 특정 세대에게만 먹혔던 은어이자 속어 두 가지가 우리 삶에 어느 날 불쑥 끼어들었습니다. 그 첫 번째 주자가 '꼰대'라면, 최근 우리나라는 물론 세계적으로 퍼지고 있는 유행어 '깐부'가 두 번째 주자입니다.

본래 '꼰대'는 아버지나 학교 선생님처럼 나이 많은 남자를 가리키는 은어였습니다. 하지만 요즘에는 구태의연한 사고방식을 강요하거나 자신의 경험을 일반화해 나이가 어리거나 지위가 낮은 사람에게 설교를 길게 늘어놓는 일명 '꼰대질'을 하는 사람을 지칭합니다. 그래서일까요. 부정적인 어감과 의미 탓에 기성세대라면 누구나 꼰대로 불리고 싶어 하지 않습니다. 스스로도 내가 과연 꼰대일까, 밖에 나가면 나를 꼰대로 보지는 않을까 자문하며 젊은이들 눈치를 보기까지 합니다.

이를 반영하듯 2020년에는 MBC에서 박해진과 이태리 주연의 '꼰대 인턴'이라는 드라마를 선보이기도 했습니다. 그리고 "나 때는 그러지 않았어", "나 때는 말이야"로 시작하는 가사 덕에 드라마 주제가인 '꼰대라떼'가 많은 사람들에게 사랑을 받고, 노래방에서 불려지기도 했습니다.

제발 그만 그만 그만해

오늘도 시작되는 꼰대라떼

　　　(중략)

뻔뻔하게 뻔뻔하게 반복되는

하루가 지나간다

왕년에 내가 말하신다면

오늘도 시작이구나

니까짓 게 뭘 알아 궁금하시면

라떼를 한잔 드세요

라떼라떼라떼라떼 라떼는 말이야

라떼라떼라떼라떼 라떼는 말이야

아침부터 시작되는 꼰대라떼

적나라한 노랫말처럼 온갖 진부하고 부정적인 수식어가 어울리는 늙은 사람, 나이만 많이 먹고 훈장질에 선생질만 일삼는 사람이 '꼰대'라면, 그 반대편에는 '깐부'가 있습니다. 누군가에게 꼰대 소리 듣기 싫다면 진정한 내 편, 내 맘을 알아주는 '찐친', '깐부'가 되어 보면 어떨까요.

어른이 없고, 아버지가 부재하다고 세상 탓을 하기 전에 찬찬히 제 주위를 둘러보았습니다. 가장 먼저 눈에 띈 것이 전 세계 언론에서 극찬과 호평 일색인 '오징어 게임'이란 드라마에 등장한 '오일남(오영수 분)'이었습니다. 9개 에피소드 가운데 가장 좋은 평가와 감동을 안겼던 편이 바로 '깐부'라고 합니다. 극중 '오일남'은 '깐부'가 뭔지 알려줍니다. 오일남은 지는 즉시 게임에서 탈락하는 것은 물론 목숨을 내주는 구슬치기에서 짝꿍이 된 성기훈(이정재 분)에게 이렇게 말합니다.

"우리 깐부부터 맺어야지. 구슬이랑 딱지랑 같이 쓰는 친구."

어린 시절 놀이자산의 전부이던 형형색색 구슬과 크기도 두께도 모양도 달랐던 딱지를 함께 쓰고 관리하던 제일 친한 친구를 일컫는 남자아이들의 은어가 '깐부'입니다.

"기억 안 나? 우리 손가락 걸고 깐부 맺은 거. 깐부끼리는 네 거, 내 거가 없는 거야."

그가 맡은 역할 못지않게 대사가 주는 울림은 국경을 넘어 세계적 신드롬이 되었습니다. 삶과 죽음, 승리와 패배라는 양극단의 갈림길에서 결정적 순간 '내 편'이 되어주는 어릴 적 놀이 속 '깐부'라는 말이 이렇게 사람들 입에 오르내릴 줄은 아무도 예상하지 못했을 것입니다.

오로지 1등만을 기억하는 우리 시대에 어떻게 살아야 할까 고민하는 이들에게, 2등은 패자가 아니라 3등한테 이긴 승자가 아니냐고 되물으며 우리는 모두가 승자라고 얘기하는 오영수. 진정한 승자는 자기가 하고 싶은 일을 애쓰면서 내공을 가지고 어떤 경지에 이르려고 하는 사람이라고 자신과 세상에 위로를 건넵니다.

아무것도 되지 못한 이를 위한 변명

제 인생 드라마 순위를 바꾼 드라마 중 JTBC에서 방영한 '인간실격'이 있습니다. 여기서 주인공의 아버지 이창숙(박인환 분)도 오랫동안 뇌리를 떠나지 않는 또 하나의 어른입니다. 알츠하이머 초기로 기억을 잃어가면서도 하나뿐인 딸에게 폐 끼치지 않으려 폐지를 주우며 하루하루 순간순간을 살아내는 아버지. 세상에 대한 미움도 원망도 남기지 않고 딱 선물 같은, 때론 기적 같은 사람. 아버지 없는 세상에

선 단 하루도 살아보지 못한, 그렇지만 어리지 않은, 마흔이 다 된 딸 부정(전도연 분)은 죽기로 결심하고 버스정류장에 앉아 마지막으로 아버지에게 호소합니다.

"사랑하는 아버지, 저는 아버지보다 더 가난하게 살 것 같아요. 길에서 고생하며 키워준 아버지 생각하며 열심히 노력하려 했는데, 노력을 어떻게 해야 하는지 모르겠어요. 아버지, 나는 아무것도 못 됐어요. 세상에 태어나서 아무것도 못 됐어요. 결국 아무것도 못 될 것 같아요. 그래서 너무 외로워요, 아버지!"

가정에서 직장에서 사람들에게 좌절과 상처, 배신을 겪으며 울부짖던 주인공 부정은 자살 카페에서도, 아버지가 살던 오피스텔 옥상에서도 결국 죽지 못합니다. 자기를 알아주는, 마음을 읽어주는, 조심스레 다가오는 한 사람에게 닫히고 다친 마음을 꺼내 보이고 온기를 채우면서 아버지한테 다시 편지를 씁니다. 아버지를 안고, 아버지 마음을 품으면서 비로소 살기로 결심합니다. 살아내기로 마음먹습니다.

"사랑하는 아부지. 아부지, 나는 이제야 아부지가 제게 세상에 태어나 무엇이 되는지보다 무엇을 하는지가 더 중요하다고 이미 눈으로 몸으로 삶으로 얘기해 왔었다는 걸 아주 조금씩 천천히 깨달아가고 있어요."

아버지 마음속에 법도, 문학도, 철학도 다 들어 있다는 걸 뒤늦게 깨닫습니다. 누가 가르쳐준 적도, 배운 적도 없는 아버지한테 차곡차곡 쌓여 있는 삶의 지혜와 내공은 시집이 됩니다. 세상에 하나뿐인 시집입니다. 수많은 생각 가운데 아끼며 꺼내는 아버지 말이, 고르고 고른 몇 개 말이 시가 되어 나온다는 걸 깨달은 딸은 편안히 작별인사를 나누고 아버지를 보내드립니다.

울 아부지는 미장공, 나는 마음 미장공

어른의 자격을 이야기하면서 마지막이자 아니 사실 처음부터 떠오른 인물은 다름 아닌 필자의 아버지입니다. 박성옥 선생이 제 아버지입니다. 젊었을 땐 경북 왜관 등지를 누비며 숱한 병자를 치료해주셨지요. 면허가 없는 탓에 어머니 김초자 여사를 만나 저를 낳은 뒤로는 의업을 접고 미장일을 배우셨습니다. 어머니는 의사 가운에 반해서 결혼하셨는데, 정작 결혼 후에는 흙떡이 된 작업복만 연신 빨아대셨습니다.

그래도 좋았습니다. 어린 저는 아버지 일하시는 데 따라가 종종 새참을 갖다드렸습니다. 거친 사면 벽을 흙손으로 매끄럽게 만드는 마술을 보며 감탄을 연발했습니다.

"울 아부지, 정말 멋지다!"

봄에서 가을까지는 공사가 한창이라 분주하던 아버지는 겨울이면 온돌방 틈새로 이산화탄소가 샐까 연탄보일러를 수리하며 또 생계를 꾸려가셨습니다. 제가 기억하는 아버지는 과학자요, 만능 '맥가이버'

셨지요.

그런 아버지 마음을 따라가려고 저도 지금까지 배운 재주 모아 마음 치유, 분노 조절, 감정 관리를 강의하면서 낯선 분들 마음에 다가가고 있습니다. 아버지는 미장일을 부끄러워하셨지만, 저는 그때나 지금이나 아버지가 자랑스럽고, 보고 있어도 그립고 애달픈 못난 딸내미입니다.

몸에 찾아온 온갖 병 죄다 지극정성으로 고쳐주시고 공치사 한 번 하지 않으셨던 아버지. 그 가르침을 따라 저도 마음에 깃든 아픔 때문에 고통스러워하는 분들에게 제 방식으로 다가가고 있습니다. 그래서 저는 울 아부지 닮으려, 울 아부지 그 길 따라가려 부끄럽지만 용쓰고 또 용쓰는 마음 미장공입니다.

올해로 여든일곱인 아버지는 아침저녁 두 번을 하루도 거르지 않고 근린공원에 있는 운동기구마다 300번씩 돌아가며 스스로 몸을 돌보십니다. 그 말씀을 들을 때면 제 어린 시절 비좁은 단칸방에서 쎄가 빠지게 일하고 돌아온 몸으로 삼남매 공부며 운동까지 손수 시켜주시던 아버지 모습이 눈에 선합니다. 몸이 튼튼해야 공부도 일도 제대로 할 수 있다고, 또 사람이 긴장이 풀리면 아픈 법이라고 자기 단련을 입버릇처럼 말씀하셨지요.

다른 아이들이 웅변이니 피아노니 주산이니 태권도니 학원 다닐 때, 미장일 마치고 돌아오시면 붓글씨, 한자, 주산, 체조까지 '아버지 학원'이 시작되었습니다. 저는 그 시절 신문지에 끝없이 써내려간

'ㅡ'와 'ㅣ' 덕분에 중학교 때는 서예반에 들어가 학교 대표로 대회에도 나갔습니다. 당시 배운 한자(漢字), 옥편 속지 양쪽으로 나오는 부수는 지금까지 딸내미의 공부 밑천이 되었습니다.

아버지한테 배운 붓글씨로 글씨깨나 쓰는 재주를 가진 저는 용돈 봉투 드릴 때 짧은 손 편지를 쓰곤 했는데, 아버지 역시 제 아이들, 당신 손주에게 용돈 봉투마다 손 편지를 써주십니다.

"위대한 사람보다 참된 사람이 되어라. 잘 커줘서 기쁘다, 할아버지가."

"우리 ○○이도 안아보니 품 밖에 나는구나. 부모 말 잘 듣고 공부도 열심히 해야 한다."

이제는 그 두 아들이 성인이 되어 취업을 해 자기 앞가림을 하고 있습니다.

"나는 젊을 때 체면 따지다가 좋은 기회도 놓치고 잘 살지 못했던 것 같다. 너그 애들은 그런 것 따지지 말고, 밥 벌어먹고 일했으면 좋겠다."

오랜 시간 취업 절벽에 힘겨운 시절을 보냈던 큰아들이 첫 월급 받아 외할아버지 찾아뵈었을 때, 생전 처음 용돈 봉투 받아들든 아버지의 주름살 활짝 펴진 웃음을 지금도 잊을 수 없습니다.

"내가 오래 살다 보니 이런 좋은 날도 오는구나."

아, 울 아부지!

늘 그립고 보고 싶은 사람

최근에는 '젊은 꼰대', '역꼰대'라는 말이 나올 정도로 꼰대는 이제 더 이상 나이를 기준으로 불리는 호칭이 아니라 삶과 사람을 대하는 태도, 마음가짐에서 대비된다고 할 수 있습니다. 어른다운 어른, 닮고 싶은 사람, 함께 얘기하고 싶은 사람, 나아가서는 늘 그립고 보고 싶은 사람, 그런 어른이 우리 서로에게 되어주면 어떨까요. 그런 사람 없다고 투덜대고 원망만 할 게 아니라 내가 먼저 인사하고, 웃어주고, 귀 기울여주는 사람이 되었으면 좋겠습니다.

우리 모두는 살면서 크든 작든 혜택을 무척 많이 받아왔습니다. 하늘, 햇볕, 바람, 비 같은 천지가 베푼 은혜뿐 아니라 부모님과 선생님, 세상 사람들한테 신세를 지고 사는 게 우리 인생입니다. 이제는 돌려주고 좋은 것은 남겨줘야 하지 않을까요. 배우 오영수가 방송에서 했던 얘기처럼 말입니다.

"산 속에 꽃이 피어 있으면, 젊었을 적엔 그 꽃을 꺾어왔다면 이 나이쯤 되면 그냥 그대로 놓고 오죠. 그리고 다시 가서 보죠. 뭐, 그게 인생이죠. 그냥 있는 그 자체를 놔두는 것. 그게 쉽지가 않죠."

다음은 깐부인지 아닌지를 알아보는 테스트입니다. 스스로를 한 번 돌아보시기 바랍니다.

깐부력(어른 자격) 테스트

바야흐로 꼰대의 시대는 가고 깐부의 시대가 왔습니다. 깐부이고 싶은 당신부터 이 질문에 답하실 차례입니다.

1 책임을 질 줄 안다. **2** 공(功)을 가로채지 않는다. **3** 허물을 감싸줄 줄 안다. **4** 나이 불문 먼저 인사한다. **5** 누구에게나 말을 높인다. **6** 나보다 어린 사람한테 물어본다. **7** 고맙다는 말을 거리낌없이 한다. **8** 눈물 흘릴 줄 안다. **9** 잘못을 인정하고 사과할 줄 안다. **10** 나이, 출신 지역, 학교, 결혼 여부, 자녀 유무, 연봉을 묻지 않는다. **11** 내가 몇 살로 보이냐 혹은 우리 중에 누가 나이 많아 보이냐고 묻지 않는다. **12** 어린이나 젊은이가 나에게 먼저 말을 건다. **13** 물음표보다 감탄사를 더 많이 쓴다.

▼   ▼   ▼

기존 질서로 패거리 짓지 않으며 고정관념에 얽매이지 않는 당신은
개방과 자유형 깐부

감정과 이성에 우열을 두지 않으며, 지위, 연령, 성별 상관없이 남을 존중하는 당신은
균형과 배려형 깐부

잘못을 인정하고 빨리 사과하며 책임을 기꺼이 지는 당신은
신뢰와 성찰형 깐부

• 점수표

질문 문항	깐부 유형	
6, 10, 11, 12	▶ 개방 · 자유형	해당 개수는 양심에 맡깁니다. 모든 질문에 다 그렇다면 당신은 진짜 어른입니다.
4, 5, 7, 8, 13	▶ 균형 · 배려형	
1, 2, 3, 9	▶ 신뢰 · 성찰형	

* 물론 항목이나 유형이 겹칠 수도 있습니다.
시비 걸지 않는 당신은 깐부 맞습니다.

여름

철쭉, 영산홍, 장미가 저마다 붉은 빛을 자랑합니다.
아름다움 속에 감춰진 그 가시가
당신을 얼마나 아프게 했나요?

1. 나를 알아주는 한 사람

"아무도 없다 생각하면 숨이 턱 막히고 세상이 무채색이 되었다가 누군가 날 알아주면, 단 한 명이라도, 갑자기 숨이 쉬어지고 세상이 색깔을 입게 돼. 그제야 살아볼까 하지."

원고 집필 과정에서 필자는 여러 목소리와 이야기 사이에서 종종 길을 잃었습니다. 그러던 차, 여전히 갈피를 잡지 못하고 애만 태우다가 시댁 형님들과 나눈 대화방에서 글머리를 찾았습니다. 고맙습니다, 큰형님!

'하늘꽃' 지고 '땅꽃' 피는 계절

모진 서너 해, 역병 맞은 세상 꿋꿋하게 견디더니 긴 세월 품었던 설움 한꺼번에 폭발한 올봄. 산수유, 벚꽃이 천지사방 만발했습니다. 그동안 자기 순서 지키며 차례로 피던 봄꽃이 너나 할 것 없이 꽃망울 펑 펑 펑 터트렸습니다. 긴 겨울 메마른 가지 애써 외면하면서 덩달아 하늘 볼 일 마다했는데, 마을마다 거리마다 천변(川邊) 따라 펼쳐진 꽃

대궐 덕분에 하늘 한껏 올려다보며 봄을 만끽했습니다. 필 때도 갑자기, 질 때도 '후두둑' 하더니 행여 아쉬울세라 영산홍, 철쭉, 민들레, 오랑캐꽃, 할미꽃까지 땅꽃이 뒤를 이었습니다. 하늘만 쳐다본다고 시샘이나 하듯 노랑, 보라, 진분홍, 연분홍 색색 향연을 펼쳤습니다. 5월엔 하늘과 땅을 이어주는 담쟁이덩굴, 등나무가 주렁주렁 앙증맞은 꽃을 피웠습니다. 여름이면 그 뒤를 따라 수많은 생명들이 기다렸다는 듯 우르르 만개할 것입니다.

우울하고 기운 없는 날

우리에게 이처럼 하늘의 기운과 땅의 기운을 연결해 가득 채워주시는 존재가 바로 부모님 아닐까 싶습니다. 이름 모를 혹은 이름 없던 꽃에 일일이 이름 붙여 불러주면 내게 다가와 특별한 관계를 맺는 것처럼 말입니다. 세상에 낳아 이름 지어 명자야, 경희야, 향순아, 옥임아, 종섭아 부르고 또 부르던 부모님. 보고 있어도 보고 싶은 부모님.

우울하고 기운 없는 날이면 필자는 부모님을 뵈러 갑니다. 결혼하고 처음 맞은 어버이날, 스물넷 어린 새댁이던 필자는 같이 살던 시부모님 몰래 친정에 다니러 갔습니다. '힘들다', '시어른과 같이 지내기 참 무섭다', '엄마 아버지 너무 보고 싶다'는 하소연을 입 밖으로 시작하려던 찰나 한 말씀 하셨습니다.

"얼른 집에 가거라. 어른들 걱정하실라."

아버지는 딸내미 옷차림새만으로도 허락 없이 왔다는 게 보였는지 자리에 앉기도 전에 돌려보내셨습니다. 그때는 참 서운하고 서러웠는데, 철이 든 지금 생각해보니 시어른들 눈 밖에 날까 애틋한 마음 숨기고 서둘러 시댁으로 보내셨다는 걸 알게 됩니다.

지금도 응원이 필요할 때면 필자는 이 세상에 '오로지 내 편'인 부모님을 뵈러 갑니다. 좋아하는 배추전 잔뜩 부쳐주시면 손으로 주욱 찢어 양념장 콕 찍어 맛나게 먹습니다. 사랑 한가득 충전해 배부르면 그제야 웃음 찾아 돌아오곤 합니다.

아름다운 신부, 두봉 주교

2024년 현재 한국 나이로 95세인 두봉(杜峰, 본명 르네 뒤퐁) 주교는 1969년부터 1990년 정년까지 천주교 안동교구 초대 교구장을 지냈습니다. 1929년 프랑스 오를레앙에서 태어난 그의 한국식 이름 두봉(杜峰)을 풀면 '산봉우리에서 노래하는 두견새'라는군요. 극빈한 가정에서 자란 그는 6·25전쟁이 끝난 직후, 세계에서 가장 가난하고 비참한 나라였던 한국에 파견된 것을 오히려 감사하게 생각했다고 합니다. 선교사에게 가장 어려운 나라로 가는 것만큼 기쁘고 좋은 일이 어디 있겠냐고 반문하는 그는 마음 그릇 크기가 남달랐던 것 같습니다. 꼬박 두 달 반 동안 배를 타고 도착한 한국에서 스물여섯부터 구순이 넘은 지금까지 헌신하고 봉사한 두봉 주교.

그는 전쟁으로 폐허가 된 당시 한국 상황은 좋지 않았지만 그 시절 한국 사람은 좋았다며, 그렇게 참담한 지경에서도 참 떳떳하고 친절하고 인간다운 한국 사람이 풍기는 인상이 좋았다고 회고합니다. 불우한 청소년과 농민을 돌보고 교육하고 인권을 신장하는 일에 한평생 헌신해온 그에게 힘이 되어준 것은 과연 무엇이었을까 문득 궁금해집니다.

누군가와 연결되어 있다는 확신

한국으로 선교 온 32년간 신부가 된 아들에게 매주 편지를 보내온 아버지. 다시 돌아오지 못할지도 모르는 자식을 한국에 바친 아버지가 아들에게 해줄 수 있는 게 뭐가 있겠냐며 편지를 보내셨다고 합니다. 지금도 두봉 주교 품에는 아버지의 편지가 있습니다.

"일어나서 편지를 쓴다. 친애하는 나의 작은 르네야. 나는 어둡고 흔들리는 외로움 속에 서서 편지를 쓰고 있단다. 여긴 비가 너무 많고, 한국에는 비가 너무 적다고 이야기를 들었는데, 하늘에서 주는 대로 받을 수밖에 없지 않겠니."

어머니도 떠난 텅 빈 집, 병상에서 간신히 몸을 일으켜 아들에게 삐뚤빼뚤 써 내려간 편지를 생전 아버지 대하듯 귀하게 여기는 두봉 주교. 특히 1986년 5월 9일 아흔이 되신 아버지가 부친 마지막 편지를 자주 꺼내봅니다. 보름에 한 번 프랑스로 답장을 보내던, 이제는 구십 훌쩍 넘긴 아들이 1986년 구십 아버지한테 시간여행을 하듯 답장을 합니다.

"아빠, 고마워요. 내가 아빠 엄마로부터 사랑을 그렇게 많이 받았다는 것을. 이 편지 30년 동안 계속 보내주신 것 고마워요. 난 아빠 엄마 너무 좋아. 하늘나라에서 기쁘게 영원히 행복하게 사실 거예요. 나도 언젠가 따라갈 거예요. 따라갈 때까지는 돌봐주시고, 그 다음에도 함께 기뻐할 거예요. 고마워요, 고마워."

두봉 주교는 생전이나 돌아가신 뒤나 아버지와 강하게 연결되어 있지 않을까요. 그 힘이 70년 가까이 낯선 땅에서 사랑을 나누고 헌신할 수 있는 바탕이 되었을 것입니다. 하루하루 일상에서 누군가와 강하게 연결되어 있다는 것을 우리는 얼마나 자주 느끼나요. 곁에 가족이 있어도 고립과 단절로 외로워하는 게 요즘 우리 모습입니다. 각자 방문을 쾅 닫고 마음도 굳게 닫아걸고 말입니다. 열려고 있는 문인지, 닫으려고 있는 문인지 헷갈릴 지경입니다. 그럼에도 두드립니다. 문도 두드리고, 마음도 두드려 연결해야 합니다. 그래야 숨통 트이고, 살 만해지니까요.

내 앞의 눈을 쓸어준 사람

다리가 불편한 아들에게 곁을 주지도, 다정하게 대하지도 않은 엄마. 학교에서 직장에서 불구라고 차별받으며 서러움만 켜켜이 쌓여가던 아들. 남편마저 일찍 여읜 엄마는 아들이 약해질까 하는 노파심에 되레 강하게 키우려 했지만, 평생 아들에게 미안함과 죄책감으로 아파합니다. JTBC 드라마 '눈이 부시게'에 등장하는 엄마와 아들 이야기입니다.

그런 엄마가 덜컥 치매에 걸리면서 가족의 갈등이 점점 커지고 고통은 증폭됩니다. 치매로 기억을 잃은 엄마가 어느 날 요양원에서 사라집니다. 불편한 다리로 주변을 찾던 아들은 저만치 요양원 마당에 쌓인 눈을 빗자루로 치우는 엄마를 발견합니다. 자식 고생시키는 엄마에게 버럭 화가 났다가 불현듯 어린 시절 기억이 떠오릅니다.

가난했던 그때, 달동네 꼭대기에 살던 모자는 한겨울 내리는 눈 때문에 엄청 걱정을 합니다. 하지만 등교 때마다 누군가 깨끗하게 쓸어놓은 덕에 눈길을 넘어지지 않고 다닐 수 있었습니다. 어느 날 아랫집 아저씨가 눈 쓰는 모습을 본 아들은 '아, 저분이 그동안 눈을 쓸어주셨구나' 하고 생각합니다. 치매로 모든 기억을 잃은 엄마가 습관처럼 눈이 오는 날이면 빗자루로 눈을 치우는 모습을 보고서야 아들은 깨닫습니다.

'내가 비탈길에서 넘어질까 봐 엄마가 꼭두새벽부터 일어나 눈을 쓸었던 거구나.'

아들을 제대로 알아보지도 못하면서 엄마는 또 눈을 쓸러 나갔던 것입니다. 그제야 얼어붙은 아들 마음이 눈 녹듯 사라집니다. 엄마를 향한 원망과 서러움과 미움이 한순간에 눈물로 녹아내립니다.

내가 당신 받침이 될게요

자녀의 경제적 독립과 출세, 아니 취업과 결혼이 힘겨운 최근에는 사람 노릇이라도 제대로 할 수 있기를 간절히 비는 게 부모 심정입니다. 내 자식 걱정에만 안달할 때, 사회 한편에서는 부모의 학대와 유기로 보육원에서 자란 아이들이 시설 보호를 마치고 해마다 2,000~3,000명씩 '자립준비청년(예전에 '보호종료아동'으로 불렸던)'이란 이름으로 사회에 첫발을 내딛고 있습니다. 2023년 현재, 보육원을 졸업할 때 지급되는 정착금 1,000만 원과 자립수당 5년간 월 40만 원이 조금씩 올라서 경제적으로 힘이 된다지만, 돈만으로 해결되지 않는 것도 있습니다. 그로 인해 마음의 상처와 고통, 불안과 무력감이 삶을 포기하게끔 몰고 가는 경우도 많은 게 현실입니다.

비슷하게 힘든 상황에서도 죽음이 아닌 삶을 선택한 청년의 경우, 자신을 알아주는 사람이 적어도 한 명은 있었다고 합니다. 소통하고 의논하고 연락할 수 있는 단 한 사람이 있고 없고가 생사를 가르는 분기점이 되는 사례가 참 많다네요. 보육원 원장님이든, 시설 프로그램에서 만난 멘토든, 고민을 들어주고 모르는 것을 물어보면 가르쳐줄 수 있는 어른 한 명만 있어도 비극을 막을 수 있다는 겁니다. 나를 지켜줘야 할 부모로부터 버림받은 마음에 새 살이 차오르도록 저부터 움직여야겠습니다.

이제 우리 차례입니다. 내가 먼저 손 내밀고, 귀 기울이고, 가슴으로 안아줄 때입니다. 그동안 많은 사랑을 받았으니까요. 갓난아기 업을 때, 포대기 두르고 아기 엉덩이를 손으로 받쳐주면 한결 가볍습니다. 책이며 서류며 물건이며 온갖 것 가득 넣은 가방을 어깨에 멜 때도 한 손으로 아래를 살짝만 받쳐주면 아프던 어깨가 훨씬 가볍습니다. 공책과 교과서에 연필이나 볼펜으로 꾹꾹 눌러쓰면 뒷장에 우툴두툴 글자가 튀어나오고 물듭니다. 그럴 때 플라스틱 책받침 하나 끼우면 뒤탈이 없어 속상하지 않습니다. 살짝만 받쳐주어도 우리 짐은 가벼워지고 삶의 무게는 덜어지고 아팠던 어깨는 견딜 만해집니다. 서로 받쳐주며 손을 잡고 맘을 잡고 살아보면 어떨까요?

2. 모양 빠지지 않고 근사하게 쪽팔리는 법

인간의 역사는 쪽팔림의 역사

"결혼 생활은 쪽팔림의 연속이에요. 서로가 서로한테 쪽팔려요. 쪽팔려도 가장 나를 이해하고 믿어줄 거라는 그러한 믿음 하에 쪽팔림을 그냥 겪고, 또 그걸 겪으면서 감당해나가는 겁니다."

몇 년 전 MBC의 '오은영 리포트-결혼 지옥'에서 5년째 문자로만 소통하고 신체적·정서적 접촉이 전혀 없는 부부에게 내린 솔루션 말미에 나온 말입니다. 실제로 부부의 삶이란, 아이들을 키우고 결혼 생활을 해나가는 것은 아내가 남편에게, 남편이 아내에게 혹은 부모가 자식한테, 자식이 부모한테 끊임없이 쪽팔려 하는 시트콤과 같습니다. 품위와 체면을 잃는 일이 비일비재합니다.

비단 결혼 생활뿐이겠습니까. 인간관계도 비슷합니다. 불편한 진심을 끄집어내는 것은 굉장히 어려운 일입니다. 그 마음을 표현하려면 자존심이 상하기 때문입니다. 누가 뭐라고 비난하는 것도 아닌데, 본인은 굴욕감을 심하게 느낍니다. 관계도 어색해지기 마련입니다.

마치 안톤 체호프의 단편소설 '어느 관리의 죽음'에서 주인공이 그랬듯이요.

어느 아름다운 저녁, 행복에 겨워 오페라에 심취해 있던 회계원 이반 드미트리치 체르바코프. 갑자기 재채기를 한 그는 앞자리에 앉은 상급 관리 브리잘로프 장군의 민머리와 목덜미에 침이 튀어버렸다는 것을 알게 됩니다. 자신의 실수에 대해 용서를 구하고 괜찮다는 답을 들었음에도 그는 다음 날 접견실까지 찾아가 또 사과를 합니다. 그러고는 일방적이고 계속되는 사과에 병적으로 집착하다가 결국 죽음에 이르고 맙니다.

당사자가 아무것도 아니라고, 별일 아니니 괜찮다고 해도 지나간 것을 기어이 들쑤시고 후벼 파서 상대와 자신을 괴롭히는 어리석은 짓을 우리는 얼마나 자주 해왔을까요. 섣부른 판단과 고정관념, 선입견으로 일상을 지옥으로 만든다면 얼마나 불행한 일일까요. 내 치부와 허물을 붙잡고 죽음으로 몰고 가기보다 때로는 당당하고 뻔뻔해질 필요가 있습니다. 살기 위해서 말입니다. 이제 쪽팔릴 준비되셨습니까? 쪽팔릴 줄 아는 용기를 가져보자구요.

쪽팔릴 줄 아는 것도 용기입니다

한 케이블 방송에서 1997년작 영화 '접속'을 봤습니다. 개인 휴대전화가 없던 시절, PC통신 대화방의 상대인 줄 모르고 지하철에서 우연히 마주 앉은 두 주인공(한석규, 전도연 분) 사이에 한 청년이 손잡이를 잡고 섭니다. 말을 심하게 더듬는 왜소한 체격의 그 남자는 물건을 팔 거라는 승객들의 예상과는 달리 이야기를 시작합니다. 말이 유독 서툴고 어눌하지만, 창피를 무릅쓰고 이 자리에 선 이유는 사랑하는 사람이 생겼기 때문에 말버릇을 고쳐보려 용기를 낸 것이라고 합니다. 사랑이야말로 쪽팔림을 기꺼이 감수하게 하는 마법이 아닐까요?

버스에 안내원이 있던 시절 "여기서 내려요!"라는 말을 못해서 몇 정거장 지나친 적이 있습니까? 기어드는 목소리로 부들부들 떨지라도 쪽팔림을 불사해야 하는 이유는 가야 할 곳을 가기 위해서입니다. 학교나 직장에서 첫 발표를 했던 순간을 떠올려봅시다. 윗사람한테 신랄한 평가를 받았을 때, 좌절하지 않고 자신을 성장시키려면 쪽팔림을 이겨내야 합니다. 쪽팔림을 장벽으로 여기고 주저앉을지, 징검다리로 생각해 다음 단계로 나아갈지 자문해보면 답이 나올 것입니다. 사랑도 일도 일단 저질러보세요. 이럴 때는 '아니면 말고'와 '싫으면 말고' 정신이 도움이 됩니다.

"아니, 젊을 때야 뭔 짓을 못해", "내가 그 나이만 됐어도 그 정도는 껌이지"라는 말로 주저하고 쭈뼛거리며 변명을 하고 있지는 않은지 가슴에 손을 올리고 조용히 물어봅니다. 나이가 들수록 더욱 필요한 것이 바로 쪽팔릴 줄 아는 마음가짐입니다. 그렇다면 쪽팔리는 상황은 어떤 때일까요? 우리가 무엇인가를 하지 않을 때는 부끄럽거나 치욕스러울 일이 거의 없습니다. 무슨 일인가 하려 할 때, 무슨 말을 꺼내려 할 때, 그 마음먹은 바를 행동으로 옮길 때라야 비로소 쪽팔릴 일이 벌어집니다. 특히 나이를 걸림돌로 의식하지 않고 일을 도모하는 당신은 그래서 용기 있는 사람입니다.

그래도 이왕이면 모양 빠지지 않고 근사하게 쪽팔리는 비법은 없을까요? 다음의 방법을 활용하시면 됩니다.

- 내가 실수한 것은 화끈하게 인정합니다.
- 약속에 늦었을 때는 반드시 사과합니다.
- 모르는 것은 언제 어디서나 누구에게나 묻습니다.
- 사랑과 감사 표현도, 친구랑 만남도 먼저 제안합니다.
- 조언이나 의견을 먼저 구합니다.
- '그 나이에 왜 굳이'라는 말을 하는 사람과는 어울리지 않습니다.

먼저 인정하고, 사과하고, 질문하고, 고백하고, 고맙다 하고, 제안한다고 지는 것이 아닙니다. 사과해야 할 때 하지 않고 버티는 것이야말로 훨씬 쪽팔리고, 면이 안 서는 짓입니다. 나이를 빌미로 하고 싶은 일을 못하게 말리거나 막는 사람을 조심하십시오. 뭘 하기에 늦은 나이는 없다고 합니다.

모르는 것을 인정하고 주변에 도움을 요청하는 것은 자존심을 구기는 일이 아닙니다. 오히려 자존심도 살리고, 자존감도 높이는 행위입니다. 다른 사람에게 묻는 것을 죽어도 못하겠다면 하다못해 인터넷 검색을 해서 확인해도 됩니다. 혹시 길을 잘못 들었거나 내비게이션대로 운전해도 헤매고 있을 때 주유소나 주변 사람한테 묻지 않습니까? 예에 통달한 공자도 남의 제사상에 감 놔라 배 놔라 하지 않고 상황에 따라 묻고 또 물었다고 합니다. 풍습과 관례를 최대한 존중하면서요. 그러니 묻는 것은 상대를 존중하는 것이고, 서로 체면을 살려주는 일입니다.

'근자감'이 주는 에너지

'근거 없는 자신감'을 줄인 말이 '근자감'입니다. 지난 50년 가까이 수학계 난제로 남아 있던 리드 추측(Read's Conjecture)을 대수기하학의 한 갈래인 호지(Hodge) 이론을 통해 증명해 수학계 노벨상으로 꼽히는 필즈상을 거머쥔 허준이 교수가 모교인 서울대학교 후배들을 위한 강의에서 한 말입니다. 그동안은 과대망상이다, 허세다, 만용이다 하며 비웃음을 사거나 조롱감이 되었던 신조어가 바로 근자감입니다. 그런데 '근거 있는 자신감'도 줄이면 근자감이 될 텐데 왜 줄여서 부르지 않는지, 허 교수 얘기에서 엿볼 수 있습니다.

"성적이나 입상 경력 같은 근거 있는 자신감을 가진 사람은 여러 가지 불운한 일이 겹쳐서 힘든 과정을 만나고, 그 근거를 잃게 될 경우 쉽게 부서질 수 있습니다. 반면 근거 없는 자신감을 지닌 사람은 살면서 어쩔 수 없이 맞닥뜨리는 힘든 과정에 놓일 때도 유연하게 자신의 목표를 변경합니다. 근자감은 인생을 끝까지 잘 살아가게 하는 큰 힘이 되더라고요."

근자감이야말로 쪽팔림을 소화해낼 수 있는 바탕이자 에너지가 아닐까요. 이것 때문에 자신감이 생기는 것이 아니라, 이것이 없더라도 나는 잘해낼 수 있다는 무조건적인 자신감이 나이를 먹어갈수록 더욱 간절해집니다.

자식이 공부를 잘해서, 얼굴이 예뻐서, 내 말을 잘 들어서 사랑하는 것이 아니라, 실수를 하고 방황을 해도 조건 없이 사랑해주는 부모 마음도 근자감의 원천이 됩니다. 그런 믿음이 있어야 쪽팔림을 당당하게 받아들일 수 있습니다.

틈과 흠에서 나오는 아름다운 빛

부서진 조각을 모은다 해도 온전히 합칠 순 없다

(중략)

완벽한 것은 없다
어디에든 틈은 있기 마련
빛은 그곳으로 들어오리니

우리에게 'I'm your man'이란 노래로 알려진 레너드 코헨(Leonard Cohen)은 싱어송라이터이자 시인이며 소설가입니다. 그가 1992년 발표한 '송가(Anthem)'의 이 노랫말은 임상심리학 박사이자 불교 명상 지도자로 유명한 잭 콘필드(Jack Kornfield)의 책에서 따왔다고 합니다.

제주도에서 흔히 볼 수 있는 돌담은 허술하게 쌓은 것 같지만, 강한 바람에도 무너지는 법이 없습니다. 커다란 현무암 사이에 생긴 틈이 바람이 다니는 길을 만들어주기 때문이라고 합니다. 돌 사이 빈틈이 담장을 살리고 금이 간 틈새로 빛이 들어오듯, 사람 사이의 틈과 거리가 관계를 숨 쉬게 하고 살리는 묘책이 아닐까요.

아메리카 인디언은 구슬 목걸이를 만들 때 일부러 흠집 있는 구슬 하나를 꿰어 넣는다고 합니다. 그 구슬을 '영혼의 구슬(Soul Bead)'이라고 부르는데, '모든 것은 문제가 있다'는 지혜를 담고 있다고 합니다. 고대 페르시아에서도 최고급 카펫을 짤 때 아주 작은 흠 하나를 굳이 짜서 집어넣었다고 합니다. '페르시아의 흠(Persian Flaw)'이라 부르는 이 행위는 '영혼의 구슬'과 마찬가지로 인간이란 완벽할 수 없으며, 불완전한 존재라 믿었기 때문이라고 합니다.

빈틈이나 흠결을 들킬까 봐 전전긍긍하지 맙시다. 자신에게나 상대에게나 완벽한 잣대를 내려놓은 채 '근자감'을 등에 업고 '쪽팔릴 줄 아는 용기'로 무장한다면, 세상에 두려울 것 하나 없는 멋진 삶을 살 수 있지 않을까요. 저와 당신이 지닌 틈과 흠에서 아름다운 빛이 나올 거니까요.

3. 나부터 행복해집시다

질투에 사로잡힌 당신에게

질투는 나의 힘

- 기형도

아주 오랜 세월이 흐른 뒤에

힘없는 책갈피는 이 종이를 떨어뜨리리

그때 내 마음은 너무나 많은 공장을 세웠으니

어리석게도 그토록 기록할 것이 많았구나

구름 밑을 천천히 쏘다니는 개처럼

지칠 줄 모르고 공중에서 머뭇거렸구나

나 가진 것 탄식밖에 없어

저녁 거리마다 물끄러미 청춘을 세워두고

살아온 날들을 신기하게 세어보았으니

그 누구도 나를 두려워하지 않았으니

내 희망의 내용은 질투뿐이었구나
그리하여 나는 우선 여기에 짧은 글을 남겨둔다
나의 생은 미친 듯이 사랑을 찾아 헤매었으나
단 한 번도 스스로를 사랑하지 않았노라

이 시에서 작고한 기형도 시인은 자신이 지나온 모든 시간이 머뭇거림과 탄식과 질투로 가득했다고 고백합니다. 끝없이 타인의 인정과 사랑을 갈구했지만, 끝내 한순간도 자신을 사랑하지 않았음을 참회합니다. 혹시 당신도 질투의 불길 속에서 자신을 태우고 있지는 않습니까?

필자가 살림하는 전업주부로 산 세월이 많던 시절, 무릎 나온 바지에 애들 안 입는 낡은 티셔츠 걸치고 음식물 쓰레기봉투를 든 날 아침, 승강기에 같이 탄 이웃을 저도 모르게 훔쳐보았습니다. 옷차림부터 머리 매무새며, 들고 있는 서류 가방, 풍기는 향수 냄새까지. 그런 저는 세수도 하지 않은 채였습니다. 머리부터 발끝, 아니 구두 끝까지 제대로 갖춰 입은 또래로 보이는 여인. 역한 냄새 나는 쓰레기봉투를 든 나와 예쁜 백을 단정하게 든 그녀.

'아, 저 여자는 무슨 일을 할까? 얼마나 전문적이고 근사한 직종에 있는 걸까? 출근해서는 얼마나 재미있고, 또 의미 있게 하루를 보내고 돌아올까?'

그런 사람을 부러움 가득한 시선으로 보던 때도 많았습니다. 시부모님과 같이 살면서 아이들 챙기느라 자신을 가꿀 수 없었던 제 모습이 창피스럽기도 했습니다. 발코니에서 내려다보이는 사람들과 TV에 나오는 유명인이나 드라마 속 주인공을 보다가 당신은 시기와 질투, 시샘하는 마음이 올라온 적이 있습니까? 이 감정이 도대체 뭐길래 나를 초라하게 하고, 내 신세를 형편없는 것처럼 느껴지게 할까요.

질투의 대상과 거리

"친구가 성공할 때마다 나는 조금씩 죽는다." – 고어 비달, 미국 소설가

영성이 높은 한 수도사가 금식 기도를 하며 수련 중에 있었습니다. 마귀가 아무리 유혹하고 훼방하려 해도 안 통했습니다. 하지만 "그런데 말이야, 오늘 교구 인사에서 당신 동생이 주교가 되었다고 하는데…"라고 말을 맺기도 전에 수도사가 "진짜? 말도 안 돼" 하며 벌떡 일어나 소리쳤다고 합니다.

질투의 대상은 이처럼 거리와 밀접한 관련이 있습니다. 부부나 연인, 형제자매, 친구 사이처럼 그 사람이 나와 얼마나 가까운지가 관건입니다. 거론한 대상이 자신과 너무 동떨어지거나 차이가 나면 질투가 거의 생기지 않습니다. 또래일 경우 질투의 불길은 더욱 활활 타오릅니다. "사촌이 땅을 사면 배가 아프다"는 속담이 말해주듯 사돈의 팔촌이 아니라 나와 가까운 혈연관계인 사촌이 땅을 샀기 때문에 내 배가 아픈 것입니다. 평생 일면식도 없던 먼 친척이라면 아무런 감정

도 일어나지 않기 마련입니다.

수십조 혹은 수백억 달러를 상속받았다거나 세계에서 가장 부유한 일론 머스크한테 질투를 느끼는 경우는 매우 드뭅니다. 막연히 부러워하거나 경탄하는 정도에 그칩니다. 그러나 매일 같이 운동하는 이웃이 경매로 작은 아파트 한 채를 샀다거나, 내 옆자리 동료가 주식으로 3,000만 원을 벌었다면 이야기가 달라집니다. 상대가 성취한 부와 행복의 크기가 내가 도달할 수 있을 정도로 만만할 때 질투가 솟구칩니다.

또 이미 세상을 떠난 과거의 예술가나 과학자에게 질투가 일어나는 경우는 드뭅니다. 고인(古人)과 경쟁을 하지는 않으니까요. 동시대를 사는, 같은 분야에 종사하는 사람에게 질투가 한결 커집니다. 질투는 시간적이나 공간적으로 나와 가깝고, 내용이나 크기로도 만만할 때 더 폭발해 마음을 상하게 합니다.

질투는 죄가 없다?

질투(嫉妬)라는 글자에서 질(嫉)의 핵심은 계집 녀(女)에 있는 게 아니라, 병 질(疾)에 있습니다. 괴로워하고 미워하고 원망하고 증오하고 성급한 마음 때문에 근심하다 결국 나한테 독이 되고, 남에게도 독이 되는 것. 이러한 괴로움이 질투에 들어 있는 병입니다. 투(妬)도 마찬가지입니다. 내 마음에 돌을 던졌으니 병이 들 수밖에요. 말이나 행동, 관계 따위로 손해나 상처를 주고받으며 병든 상태가 바로 질투입니다.

그리스 로마 신화에서 질투의 신은 누구일까요? 바로 젤로스(Zelos)입니다. 한자 문화권인 동아시아에서는 질투를 칠거지악(七去之惡)의 하나로 꼽을 만큼 여자한테만 덮어씌웠는데, 서양에서는 질투를 맡은 젤로스가 남신이라는 점이 흥미롭습니다. 젤로스는 폭력의 신 비아(Bia)와 권력과 힘의 신 크라토스(Kratos)를 형제로, 승리의 신 니케(Nike)를 누이로 두고 있습니다. 그래서인지 서양 문화권에서 젤로스는 질투의 개념보다는 경쟁, 열의, 전념 같은 긍정적인 뜻을 더 많이 함축하고 있습니다.

1937년 '스타 탄생'이란 이름으로 처음 영화로 만들어졌고, 2018년에 세 번째로 리메이크된 '스타 이즈 본(A Star Is Born)'은 사랑 영화이자 음악 영화로 알려져 있습니다. 하지만 이 영화는 질투가 주인공 못지않은 역할을 하는 작품입니다.

애리조나 하늘같이 타오르는 그대 눈동자

날 보는 그대 눈길에 불타고 싶어

내 영혼 깊숙이 캘리포니아 황금처럼 묻힌

나도 몰랐던 내 안의 빛을 찾아낸 그대

목이 메고 할 말을 찾지 못해

헤어질 때마다 가슴이 아파

해가 지고 밴드가 연주를 멈출 때

우리 모습 영원히 이대로 기억할 거야

(중략)

그대가 날 바라보면

온 세상이 사라지고

우리 모습 영원히 기억할 거야

이대로

— OST 'Always Remember Us This Way' 중에서

나를 사랑하지 않는 죄

음악에 천부적인 재능을 지녔지만 외모가 걸림돌이 되어 낮에는 웨이트리스로, 밤에는 무명 가수로 무대에 오르던 앨리(레이디 가가 분). 천재 기타리스트이자 컨트리 뮤지션으로 명성을 날리는 슈퍼스타 잭 메인(브래들리 쿠퍼 분). 순회공연 중 우연히 찾은 바에서 노래하는 앨리를 보고 잭은 첫눈에 '캘리포니아 황금처럼 영혼 깊숙이 묻힌', 그녀도 몰랐던 내면의 빛을 발견합니다. 나를 찾아내 무대에 세우고, 나를 키워주며 응원하는 사람과 결혼한 그녀. 자신의 진가를 제대로 알아주는 사람을 만나 그토록 꿈꾸던 무대에서 직접 만든 노래를 부를 기회를 주었으니, 두 사람은 이제 사랑밖에 할 일이 없을 줄

알았습니다.

"내가 당신을 망쳤어. 당신이 부끄러워. 안쓰럽고 그래. 당신 더럽게 못생겼어. 얼굴에 자신이 없어서 남한테 잘 보이는 게 더럽게 중요하지."

전성기에서 갈수록 내리막길을 걷고 있는 잭과 달리 앨리는 스타시스템에 힘입어 대형 토크쇼에 초대되는가 하면, 그래미상 3개 부문 후보로 선정될 만큼 승승장구합니다. 그렇게 기쁜 소식을 들은 바로 그날, 잭은 술과 마약으로 망가질 대로 망가져서 이렇게 독설과 폭언을 퍼붓습니다. 심지어 앨리가 신인상을 받게 되어 시상식에 초대된 날, 수상 소감을 말하는 옆에서 잭은 몸도 제대로 가누지 못한 채 소변을 보고 맙니다. 그 뒤 마음을 다잡고 알코올 중독 치료도 하는가 싶더니, 아내 앨리의 대형 해외 투어를 앞두고 목을 매달아 세상을 등집니다. 한 여자를 살렸지만 자신은 살리지 못했던, 그녀를 사랑하는 만큼 자신을 사랑하지 못했던 남자. 앞서 기형도 시인의 독백과 겹쳐집니다.

마음의 주인 노릇

질투는 오로지 마음에서 비롯됩니다. 부정적인 감정 상태로 자신을 방치해 병이 되게 해서는 곤란합니다. 열의, 열정, 전념을 담당하는 젤로스 신을 불러와 긍정적인 방향으로 바꾸면 어떨까요.

필자가 처음 컴퓨터 자판을 두드리게 된 것은 남편의 공이 큽니다. 그 옛날 원고지에 글 쓰던 시절, 시외삼촌의 권유로 타자를 배워 능숙하게 자판을 치는 남편을 보면서 마음에 질투의 불씨가 당겨졌습니다. 하지만 질투에 굴복하지 않고 선의의 경쟁과 열정이란 긍정적인 감정으로 바꾸어 저도 당시 '한메타자교사'로 컴퓨터와 친해질 수 있었습니다.

이처럼 물리적으로 매우 가까이에 있는 친밀한 관계에서 생기는 질투도 내 삶의 좋은 에너지로 바꿀 수가 있습니다. 가까운 사람이 뭔가를 해내는 것을 지켜보는 건 자신에게 굉장한 자극을 주기 때문입니다. 질투에 함몰되어 자기 비하와 자학으로 자신을 파괴할 것인지, 그 감정이 나를 옭아매지 않도록 방향을 선회해 자기 발전, 자존, 자족, 건강한 자극으로 동기를 부여할 것인지 그 선택은 자신에게 달려 있습니다. 내가 선택하는 것입니다. 하지만 그것은 주인이 나일 때만 가능합니다.

마음이 괴로울 때마다 그 마음의 주인이 누구인지 물어보세요. 질투는 남보다 나를 망칩니다. 내 화살로 나를 쏘는 것과 같습니다. 남을 질투할 시간에 나를 더욱 사랑해보면 어떨까요. 남과 견주며 끝없는 고통과 절망의 나락으로 빠지지 말고 나부터 행복해집시다.

4. 겪어야만 비로소 알게 되는 '역지사지'

어릴 적 엄마는 말씀하셨습니다. 너도 딱 너 같은 딸 낳아서 키워보라고요. 엄마의 엄마는 또 그러셨습니다. 너도 시집가서 꼭 너 같은 새끼 더도 말고 하나만 낳아서 키워보라고요. 그래야 엄마 맘을 안다고요. 부모 속 썩이던 그때는 모르던 것을 자식 때문에 속이 문드러지고 나서야 '아 그랬지!' 하고 겨우 알아차립니다.

식탁 위에서 배우는 역지사지

몇 년 전 TV 방송에 나와 한 중년 가수 부부가 들려준 이야기가 일파만파 세대 불문 연일 화제였습니다. 부부와 아내의 여자 후배 이렇게 세 사람이 같이 한 식사 자리. 하필이면 깻잎장아찌를 먹으려던 아내 후배. 때마침 붙어 있던 깻잎. 기다렸다는 듯 젓가락으로 떼어주던 남편. 사건 자체는 간단한데, 이에 대한 논쟁은 그칠 줄 모릅니다.

김 여사 남편 역시 그게 왜 화낼 일이냐고 되묻습니다. 이때다 싶어 김 여사는 예를 들어 조곤조곤 설명합니다.

"여보, 한번 상상해 봐요. 우리 부부랑 당신 남자 후배, 심지어 잘생기기까지 한 후배랑 셋이 밥을 먹어요. 한창 당신이 신나게 얘기를 하는데, 느닷없이 그 후배란 녀석이 내가 쩔쩔매는 깻잎장아찌를 무심히 툭 떼어주는 거예요. 젓가락질 서툰 나를 지켜봤던 거지. 어때요, 기분이."

입장을 바꾸자 바로 불쾌해진 남편.

"그건 절대 안 되지!"

역지사지(易地思之), 참 쉽죠?

그런데 역지사지가 정말 쉬울까요? 이 실험을 강력히 추천합니다. 밥을 빨리 먹는 사람과 천천히 먹는 사람이 짝을 이루는 경우가 종종 있습니다. 부부 아니면 연인, 친구, 동료까지. 얼마 전 라디오에 사연으로 소개되어 진행자와 초대 손님이 열띤 토론을 벌이기도 했던 식사 속도 문제. 답은 간단합니다. 일주일을 정해서 평소와 반대로 해보면 됩니다. 씹는 건지 삼키는 건지 모를 만큼 빨리 먹는 사람은 천천히, 밥알이든 맹물이든 꼭꼭 씹어 먹는 사람은 꿀떡 삼키듯 빨리. 식습관을 바꿔 해보는데, 보통 일주일까지 갈 필요도 없습니다. 하루 세 끼면 실험 효과는 충분합니다. 도저히 못하겠다고 이구동성으로 말하니까요. 그만큼 남의 입장에서 이해하는 것은 매우 힘든 일임에 분명합니다.

바꿀 역(易)에 숨어 있는 비밀

나와 다른 누군가의 삶이나 삶을 대하는 태도, 말이나 입장을 헤아리기 위해서는 '역지사지'의 뜻을 살펴보면 좋을 것입니다. '역지사지(易地思之)'에서 주목할 글자는 바꿀 역(易)입니다. 역(易)의 아랫부분인 말 물(勿)의 갑골문에는 비밀이 감춰져 있습니다. 그릇을 기울여 담겨 있는 무언가를 쏟아내고 거기에 새로운 것을 담는다는 뜻을 갖고 있는데, 이게 바로 역지사지의 바탕입니다. 바꿀 역, 쉬울 이로 읽히는 이 글자(易)가 나아가서는 '고치다, 새로워지다, 평안하다, 편안하다, 기쁘다, 기뻐하다'는 뜻을 품고 있다고 합니다.

땅 지(地)는 내가 딛고 있는 땅, 처지, 형편을 표현하는 말입니다. 생각 사(思)는 뇌(腦)를 상징하는 밭 전(田)과 마음 심(心)을 합한 글자로 '머리와 가슴으로 깊이 생각하다'는 뜻을 지니고 있습니다. 갈 지(之)는 발이 움직이는 지점을 나타냅니다. 역지사지(易地思之)를 자원(字源)에 따라 풀어보겠습니다.

'내 그릇을 비우고, 상대 마음과 생각을 새로 담으면, 나와 당신이 기쁘고 편안해진다.'

역지사지는 내가 원래 갖고 있던 당신에 대한 오해나 편견, 선입견, 고정관념에서 벗어나 고집이나 아집을 비우고, 상대의 마음과 생각을 새로 담는 것입니다. 맑고 깨끗해진 내 그릇에 새로 담으면 나와 당신이 기쁘고 편안해진다는 것이 바로 역지사지의 깊은 뜻이 아닐까요.

술과 개는 나의 스승

《혼자 술 마시는 여자》라는 수필집을 낼 만큼 술을 사랑하던 저에게 금주 경험은 애주가의 입장과 그 반대 입장 모두를 헤아리는 공부가 되었습니다. 개를 무서워하고 싫어하던 저는 '벼리'라는 푸들을 17년 가까이 키우면서 혐오하는 마음과 사랑하는 마음 모두를 이해하게 되었습니다. 주(酒)님과 개님이 제게 역지사지를 뼈저리게 깨우쳐준 특별한 스승이라 고백하지 않을 수 없습니다.

하지만 역지사지는 말처럼 쉽지 않습니다. 그게 되지 않아서 엄청 괴로워하고 고통 속에서 빠져나오지 못하는 게 또 우리 인간입니다. 서로 시기하고 미워하고 다툽니다. 아내와 남편이, 부모와 자식이, 형제자매가, 친구와 동료가, 손님과 주인이. 비단 가정 안에서 뿐만 아니라 이웃, 사회, 국가 간에도 이런 일이 빈번하게 일어납니다. 역지사지는 머리와 가슴으로, 온몸과 마음으로 상대를 깊이 이해하는 것입니다. 먼저 자기가 가지고 있던 낡은 생각을 버리고, 상대의 생각이나 입장에 서봐야 합니다. 나 좋을 대로 띄엄띄엄 아는 게 아니라 충분히, 제대로, 정성스레 헤아려 보는 것입니다.

그렇다면 역지사지의 반대말은 무엇일까요? 반대말을 살펴보기 전에 먼저 역지사지로 사행시를 한번 지어볼까요? 두 가지 버전이 있는데, 의미는 대동소이합니다. 운을 띄워주세요!

역 – 역으로

지 – 지랄을 해줘야

사 – 사람들이

지 – 지 일인 줄 안다

역 – 역으로

지 – 지랄해야

사 – 사람은

지 – 지가 뭘 잘못했는지 안다

역지사지와 내로남불

진상을 부리는 고객이나 갑질을 하는 상사에게 반대 자리에 서보라고 하면, 그제야 자신이 저질렀던 지랄(갑질, 진상)이 상대에게 얼마나 상처를 주고, 정서적·신체적 학대와 폭력이었는지 알게 됩니다. 사실 이 정도로 역지사지가 되는 사람이라면 매우 희망적인 부류입니다. 안타깝게도 역지사지가 안 되는 사람을 바로 '내로남불(내가 하면 로맨스라 미화하고, 남이 하면 불륜이라 비난)'이라고 합니다. 이제 뇌 영역별로 역지사지와 내로남불일 때 어떤 감정과 생각이 지배하고 있는지 살펴보겠습니다.

우선 '역지사지'하려면 공감 능력이 필요합니다. 공감하기 위해서는 그 사람 처지에 자신을 놓는 감정이입이 선행되어야 합니다. 자식을 낳고 키워봐야 어머니가 얼마나 힘들고 외로웠을까 짐작하게 됩니다. 때로는 후회로 마음이 아프고 회한도 몰려옵니다. 철딱서니 없었던 자신을 돌아보며 부모님께 용서를 구하고, 화해와 포용으로 웃음을 되찾는 것이 바로 역지사지로 가는 과정입니다. 갈등의 골을 사랑으로 메우는 길이기도 합니다.

그 반대편에 있는 '내로남불'에는 자기만 앞세우는 이기심과 자기합리화가 깊숙이 자리 잡고 있습니다. 타인에 대한 공감 능력이 결여되어 있을 뿐만 아니라 자신에게는 관대하고 남에겐 엄격한 왜곡된 이중 잣대를 갖고 있습니다. 나에 대한 평가와 의견에 날을 잔뜩 세우고 방어와 공격에 주력하느라 안절부절못합니다.

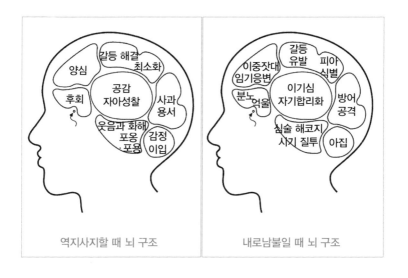

역지사지할 때 뇌 구조   내로남불일 때 뇌 구조

세 번째 시즌까지 화제가 된 TV조선 드라마 '결혼 작사 이혼 작곡'에 나오는 등장인물 면면이 특히 역지사지와 내로남불의 전형이랄 수 있습니다. 아내 몰래 새로운 연인을 만나 이혼한 남자. 그는 전처가 자기보다 어리고 능력 있는 연인을 만나자 질투와 분노로 어쩔 줄 모르는 모습을 가감 없이 보여줍니다. 변명과 핑계는 기본에 갈등 유발자 역할을 톡톡히 합니다. 우리 사회에도 꼭 그런 사람이 있습니다. 오로지 내 편인지만 가리는 피아식별(彼我識別)에 혈안이 되어, 적이라 여기면 온갖 편법과 꼼수로 심술을 부리고 해코지하기에 급급한 사람 말입니다.

편안함과 기쁨을 되찾아주는 역지사지

　지금 어떤 상처나 고통 속에 있습니까? 상대 입장을 이해함으로써 결국은 내 마음이 편안하고 기뻐지는 것이 역지사지라고 말했습니다. 바로 나, 내가 편안하고 기뻐야 내 주변과 상대도 편안하고 기쁩니다. 인간관계는 마치 거울을 보는 것과 같습니다. 내가 먼저 역지사지하는 마음을 먹으면 어느 순간 그 사람도 내 마음을 헤아리기 시작합니다. 결국 역지사지는 동심(同心), 같은 마음을 갖는 것입니다. 나와 당신이 같은 마음 상태에 이르는 것이 역지사지의 좋은 목표, 도달점입니다.

　아전인수(我田引水) 격으로 세상을 바라보고, 내로남불로만 산다면 역지사지와는 점점 멀어지게 됩니다. 내 마음 그릇에 고인 물은 소낙비에 흘려버리고, 역지사지하는 마음으로 다정하고 친절하게, 공감하면서 보내면 어떨까요.

5. '탓탓탓' 대신 '타타타'

층간 소음을 대하는 자세

"그런데 말입니다. 제가 마음을 좀 바꿔보았거든요. 윗집에서 아이들이 뛰어다니는 소리에 짜증만 낼 게 아니라 차라리 그 시간에 도서관 가서 시원한 바람 쐬며 밀린 책을 읽기로 했습니다."

퇴근하고 집에서 좀 쉴라치면 매번 위층 아이들이 '콩콩콩', '쿵쿵쿵' 뛰어다니는 소리에 신경이 곤두서곤 했다는 사연이 라디오에서 흘러나옵니다. 분노가 폭발해 인터폰을 누르고 쳐들어갈까 별 생각을 다 하다가 어느 날 문득, '아, 내가 변해야겠다'고 마음을 먹었답니다. 그동안 바쁘다는 핑계로 미뤄뒀던 독서 목록도 챙기고, 이참에 은퇴 이후 설계도 할 겸 주택관리사와 노무사 자격증 공부를 시작하는 전환점이 되었다는 소식을 전합니다. 사연의 주인공은 아주 밝은 목소리로, 마음을 탁 달리 먹었더니 퇴근하는 발걸음이 전처럼 무겁지 않고, 한결 가벼워졌다고 고백합니다.

어떤 일이 벌어졌을 때나 고통을 당했을 때, 이웃집을 탓하고 남을 탓하고 세상을 탓하는 사람이 있습니다. 또 눈앞에 닥친 불행과 갈등에 오로지 자신을 탓하며 자책하고 절망에 빠지는 사람도 있습니다. 화살의 방향을 외부로 겨눌수록 점점 공격적이고 배타적인 에너지가 자신을 둘러싸고 사방팔방으로 퍼집니다. 비난과 원망과 책임 전가라는 독화살을 누구에게 쏠지 그 궁리로 밤을 새우기도 합니다. 온통 뾰족한 가시를 두른 사람에게 누가 가까이 다가가서 손을 내밀까요. 그 화살은 자기 자신에게 향할 때도 마찬가지로 치명적입니다. 화살의 방향이 어디로 향하는지 생각해보면서 나는 어떤 유형인지 살펴보시죠.

'남 탓 형'과 '내 탓 형' 인간

자신에게 어떤 사건이나 문제가 일어날 때마다 남 탓을 하는 유형이 있습니다.

'내가 이렇게 일이 꼬인 것은 그 사람 탓이야.'

'내가 마마보이가 된 것은 순전히 우리 엄마 탓이지.'

이런 식으로 아내는 남편을, 자식은 부모를 탓합니다. 탓할 사람이 없으면 친구를 탓하거나, 직장 상사를 탓하거나, 아니면 길에서 부딪쳤거나 지하철에서 만났던 사람조차 탓하는 경우도 있습니다. 그런 유형은 부모, 자식, 배우자 등 가까운 사람부터 탓하기 쉽습니다. 이렇게 남을 탓하고 원망하고 증오하는 경우를 '남 탓 형 인간'이라고 부릅니다. 매사에 남 탓을 하지만, 정작 자기는 멀쩡합니다.

"나, 걔랑 헤어졌어. 내가 찼지. 애가 좀 사이코야. 베풀 줄도 모르고. 수십 번 만나도 밥은커녕 커피 한잔을 안 사더라고, 인색하기 그지없어. 아, 시원하다."

연애가 깨졌어도 상대방 때문에 그렇다고 판단을 내립니다. 자기는 전혀 문제가 없다고 굳게 믿는 탓에 스트레스도 별로 받지 않습니다. 가장 중요한 것은 내 기분이지 남 사정이나 생각 따위는 안중에도 없습니다. 정신의학에서 인간이 방어기제로 흔히 사용하는 '투사(Projection)'가 여기에 해당됩니다. 문제의 원인이 자기 외부에 있다고 인식하기 때문에 매사 남 탓을 하면 불안과 죄책감에서 잠시나마 벗어날 수 있습니다.

또 다른 경우가 '내 탓 형 인간'입니다. 어떤 일이 터질 때마다 자기 자신을 탓하는 겁니다. 모든 일을 무조건 내 탓으로 돌리는 '내재화(Introjection)'라는 방어기제도 우리가 많이 사용하는 방식입니다. 앞서 말씀드렸던 화살의 방향을 떠올리면 훨씬 이해가 쉽습니다. 겉으로는 착하고 겸손해 보일지 모르지만, 어떤 사건이나 갈등이 발생했을 때 자신을 꾸짖고 벌주고 심판하고 자책하고 자학하는 유형입니다. 분노나 불안을 억눌러 놓아 우울증에 빠지는 경우가 많습니다.

'비겁'과 '오만' 사이

남 탓을 하는 사람은 한마디로 비겁한 병에 걸린 분들입니다. 자기는 쏙 빼고 다른 사람을 들들 볶는 사람이니까요. 거꾸로 내 탓 형은 오만한 병에 걸린 경우입니다. 자기 자신을 달달 볶는 사람입니다. '아, 내가 왜 그랬을까', '그때 그렇게 행동했으면 안 되는데', '거기서는 이 말을 했어야 했는데' 하면서 자꾸 자기 자신을 뒤돌아보고 자책하면서 자신을 괴롭히는 유형입니다.

두 유형 모두 부족하고 실수하더라도 자기 자신을 있는 그대로 바라보지 못해서 그렇습니다. 그게 아니면 있는 그대로 바라보지 않으려고 완강하게 거부하기 때문입니다. 남을 탓하고 원망하는 사람은 자신이 없을 때 그렇습니다. 어떤 선택이나 판단에서 책임을 자신이 지지 못하고 다른 사람에게 전가하기 때문에 비겁합니다.

둘 중 굳이 어떤 유형이 위험한지 물으신다면 '내 탓 형'이 오히려 더 위험하다고 할 수 있습니다. 그런 유형은 자신을 완벽하고 빈틈없고 실수하지 않는 사람이라고 규정합니다. 거기서 바로 오판이 시작되고, '오만(傲慢) 병'이 비롯됩니다. 자기 자신에 대한 기대치가 너무 높기 때문입니다. 그동안 높은 기대치에 도달했던 몇몇 순간의 모습이 자기의 본모습이고, 오로지 자신의 능력이라고 생각합니다. 여기서 착각과 불행이 쌍두마차로 자신을 끌고 가기 시작합니다. 그로 인해 두 가지 유형 모두 상처를 입고 불행한 상황에 놓이게 되는데, 더 심각한 것은 남 탓을 하는 것보다 내 탓을 하는 경우입니다.

남 탓 형 인간과 내 탓 형 인간 비교

	남 탓 형 인간	내 탓 형 인간
통제 방식	외적 통제형: 부모나 다른 가족, 동료, 주변사람과 환경 때문으로 돌림	내적 통제형: 사건이나 문제의 원인을 자기에게 묻고 찾음
방어 기제	투사(projection)	내재화(introjection)
스트레스 감도	스트레스와 무관: 자신이 상황을 통제할 수 없다고 생각하기 때문. 금방 기분 전환	매우 심한 스트레스: 자신이 감당할 수 없는 영역까지 통제할 수 있다고 착각
책임지는 태도	결과에 책임을 못 느낌 → 죄책감에서 자유로움. 타인(외부)으로부터 반발 불러옴	매사에 본인이 책임을 지려 함 → 자신의 부족함이 문제를 낳았다고 결론을 내리는 경향
문제해결 방식	문제의 원인을 발견해 대책을 세우지 않아 같은 실수나 실패 반복 문제가 종결되지 않고 계속 새로운 갈등 요소 만들어냄	부작용: 인과관계가 뚜렷하지 않은 인간관계 갈등이나 문제조차 자신에게서 답을 찾으려 함
자신감	스스로에 대한 믿음 부족	스스로에 대한 믿음 과잉
기대 수준	기대치 높게 설정하지 않음	자신에게 지나치게 높은 기준 완벽주의 경향
타인의 시선	남의 시선이나 평가에 신경 쓰지 않음	늘 혹은 매우 의식함 타인의 평가에 대한 불안과 두려움
의사결정 방식	독단적, 주변 조언 듣지 않음	신중함. 지나친 생각과 고민
대인관계	본인에게 관대하고 남에게 엄격함. 점점 고립되고 더 많은 공격 받음. 공격은 또 다른 공격을 불러 들임	본인에게 관대하고 남에게 엄격함. 점점 고립되고 더 많은 공격 받음. 공격은 또 다른 공격을 불러 들임 → 본인만 늘 우울하고 불행
타인의 피드백	방어적: 외부의 도움 받아들이지 못함	수용적: 남의 의견이나 생각에 휘둘림
자아 성찰	잘못과 허물 인정하지 않음 → 반성과 사과와 거리가 멈	지나치면 자책을 넘어 자학, 자살까지 치달을 위험 존재
증상 따른 병명	'비겁 병' 혹은 '뻔뻔 병'	'오만 병' 혹은 '전지전능 병'

남 탓도 종종 해야 합니다!

하지만 남 탓을 하는 게 정신건강에 이로울 때도 의외로 참 많습니다. 살다 보면 내가 원인이 아닌 일도 자주 벌어집니다. 인과가 분명해 보이는 문제는 대안을 찾아 자기 발전으로 이어질 수 있지만, 근본적으로 고칠 수 없는 문제까지 자신에게서 원인을 찾으려 하면 번지수를 잘못 찾은 처방전처럼 헛짓거리를 하게 됩니다. 이런 경우, 최소한 남 탓이라도 해야 삶을 놓아버리는 극단적인 선택에서 멀어질 수 있습니다.

어떤 친구는 이렇게 말했습니다. 요즘 같은 세상에 자존감을 지키기 위해 남 탓은 필수라고요. 남 탓을 열심히 해야 자신이 정신적으로 안정된다고 말입니다. 고칠 수 없는 문제에 자기 탓을 하면 자존감은 추락하고, 마음은 갈수록 조급해져 불안과 우울을 달고 살 수 있다고요.

남 탓을 하기는 사실 쉽습니다. 그럴 수도 있습니다. 그런데 내 탓은 위험합니다. 자신을 탓하는 병에 걸리면 그 오만함이 어떻게 펼쳐지냐면 다른 사람의 실수나 잘못, 허물에 겉으로는 관대한 척, 배려하는 척하는데, 자세히 들여다보면 속으로는 무시하고 경멸하는 데로 나아갑니다. 자신이 세운 높은 기대 수준을 타인에게도 부지불식간에 요구하기 때문입니다. 이런 오만함은 위험천만합니다. 당신은 어느 쪽이 더 많은 비중을 차지합니까?

탓탓탓 말고 타타타!

그렇다면 대안은 없을까요? 이 노래 먼저 들어보겠습니다.

네가 나를 모르는데
난들 너를 알겠느냐
한치 앞도 모두 몰라
다 안다면 재미없지

바람이 부는 날엔 바람으로
비 오면 비에 젖어 사는 거지
그런 거지 음음음 어 허허

산다는 건 좋은 거지
수지맞는 장사잖소
알몸으로 태어나서
옷 한 벌은 건졌잖소

우리네 헛짚는 인생살이
한세상 걱정조차 없이
살면 무슨 재미

그런 게 덤이잖소

(후략)

'꽃순이를 아시나요'와 '은하철도 999'의 주제가를 불렀던 김국환이 1992년 세상에 선보인 노래, '타타타'. 마지막에 '어허허허허허!' 웃음소리가 백미입니다. 이 노래는 작사가 양인자 씨가 인도를 여행하고 지은 노랫말에 남편 김희갑 씨가 곡을 붙여 완성했다고 알려져 있습니다. 산스크리트어로 '타타타(तथाता, tathātā)'는 차별을 떠난, 있는 그대로의 참모습(眞如)을 뜻합니다. 변하지 않는 궁극적인 진리라고도 하며, 중생이 본디 갖추고 있는 청정한 성품이라고도 합니다.

걱정이나 고통이 없는 삶은 없습니다. 없는 걱정도 만들어서 일평생을 살아가는 게 우리입니다. 이 세상을 '탓탓탓' 하지 말고 '타타타' 하면서 살아 보세요. 편 가르지 않고 고집과 만용을 부리지 않으며 대립하지 않는, 있는 그대로의 나를 받아들이고 사랑하며 남은 인생을 아름답게 수놓아 보세요. 그럴 때 '탓 병'은 치유될 것입니다. 무더위와 습기를 탓하지 말고 허허허 웃으며 몸도 맘도 건강하시길 빕니다.

가을

황금들판에 서서 허허벌판을 느끼는 당신.
오늘도 서로 다른 계산법에
마음 아파하지는 않나요?

1. 익을수록 깊고 달콤해지는 삶

너 늙어봤냐 나는 젊어봤단다!

너 늙어봤냐 나는 젊어봤단다!

이제부터 이 순간부터 나는 새 출발이다

삼십 년을 일하다가 직장에서

튕겨 나와 길거리로 내몰렸다

사람들은 나를 보고 백수라 부르지

월요일에 등산 가고 화요일에 기원 가고

수요일에 당구장에서

주말엔 결혼식장 밤에는 상갓집

(중략)

누가 내게 지팡이를 손에 쥐게 해서

늙은이 노릇하게 했는가?

세상은 삼십 년간 나를 속였다

마누라가 말리고 자식들이 놀려대도

나는 할 거야

컴퓨터를 배우고 인터넷을 할 거야

서양말도 배우고 중국말도 배우고

아랍말도 배워서

이 넓은 세상 구경 떠나나 볼 거야

(후략)

가수이자 방송인 서유석이 2015년 발표한 노래, '너 늙어봤냐 나는 젊어봤단다' 가사 중 일부입니다. '나이 듦'을 솔직담백하게, 때로는 풍자와 해학으로 묘사한 노래 말미에는 이 세상에 태어나서 아버지가 되고 할아버지가 되는 아름다운 시절이 정말 소중했던 시간이라고 되뇝니다. "인생이 끝나는 것은 포기할 때 끝장"이라던 세상 떠나신 아버님 말씀이 새롭게 들린다는 그의 고백은 노래가 끝나도 긴 여운을 남깁니다.

검버섯 핀 바나나

한번은 어버이날 부모님 뵈러 갔을 때의 일입니다.

"어느 날 쓰레기 분리수거를 하는데 바나나 껍질이 거뭇거뭇하게 된 걸 통째로 버렸지 뭐니? 그 귀한 걸…."

그게 너무 아까워 어머니는 경로당에 가져가서 어르신들과 같이 드셨다는 겁니다. 바나나. 지금은 사시사철 가장 싸고 손쉽게 구할 수 있는 흔하디흔한 과일로 전락했지만, 어린 시절 얼마나 귀한 과일이었나요. 한 다발은커녕 낱개 하나도 먹기 어려워 부잣집 아이들 먹는 것 바라보며 군침만 흘렸던 기억이 생생합니다. 지금이야 귀하든 아니든 어머니 입장에서는 먹는 걸 버린다는 것이 너무 안타까웠던 거죠. 한편으론 이제 늙고 병들어 쓸모없어졌다고 버림받는 자신을 보는 양 서러웠을지도 모릅니다. 그 얘길 들으면서 제가 몇 해 전 쓴 시가 떠올랐습니다.

검버섯 핀 바나나

샛노란 바나나 한 다발
하얗고 단단한 속살

며칠 지나 남겨진 세 송이
그새 늙어 검버섯 점점이

어떻게 이별할까 궁리 끝에
우유 붓고 보들보들 살점 썰어

드륵드륵 클클클클

바나나 셰이크로 안녕히

숨 거두기 전 가장 달콤했던 이여

바나나는 익을수록, 어떤 의미에서는 죽음에 더 가까울수록 진가를 발휘합니다. 자신의 모든 것을 희생한 순간, 비록 겉모습은 시커멓고 말라비틀어졌지만 더 아름답고 더 찬란하고 더 달콤하기 때문입니다. 설익었을 때는 설탕이나 시럽, 꿀처럼 단맛을 첨가해야 바나나 음료가 제값을 겨우 합니다. 무르익지 않으면 떫고 신맛이 납니다. 우리도 그렇습니다. 성숙하지 않은 시절엔 뭘 넣어도 부족한 맛이 납니다. 깊이 농익었을 나이엔 이것저것 넣지 않아도 그 자체로 그윽하고 충분하고 깊습니다.

노인은 살아 있는 박물관

노인, 어르신 한 사람이 죽는 것은 살아 있는 박물관 하나가 불타 없어지는 것과 같다는 아프리카 격언이 있습니다. 그만큼 어르신들이 드리워주는 그늘, 아낌없이 나누는 지혜와 경험, 그 울타리는 박물관 하나를 꽉 채울 만큼 큽니다. 우리 속담에도 "일 못하는 늙은이, 쥐 못 잡는 고양이도 있으면 낫다", "늙은 고양이랑 늙은이는 없으면 옆집에서 꾸어 와서라도 모시는 게 좋다"란 말이 있습니다. 비록 젊을 때처럼 팔팔한 역할은 못하더라도 언제든 의지하고 의논할 수 있는 든든한 버팀목이기 때문일 것입니다.

모든 것이 겉으로는 쓸모없을 듯 보여도 나름대로 쓸 데가 있기 마련입니다. 바나나만 하더라도 음식물 쓰레기통에 버리기 전, 쓸모없다고 느껴질 때가 가장 찬란하게 빛나고 가장 달콤하다는 게 우리 삶의 아이러니 아닐까 싶습니다. 부모님을 뵈러 가서 잠깐 들었던 이야기가 시 한 편으로 연결되었네요. 그분들이 저희에게 음으로 양으로 큰 기운과 가르침을 주신다는 것을 항상 잊지 않고 고마워하는 마음으로 살았으면 좋겠습니다.

찬밥을 대하는 자세

여름이면 유독 신경 써야 할 게 있습니다. 바로 밥과 반찬입니다. 쉬이 상하고 금방 맛이 갑니다. 기껏 지은 밥이며 된장찌개, 고등어조림이 상할라치면 만든 사람 속도 무척 상합니다. 재료가 아까운 건 물론이고, 장 보고 다듬고 만든 정성에 마음이 참 쓰리고 아픕니다. 저는 이렇게 먹다 남은 찬밥을 모았다가 누룽지를 만듭니다. 버리지 않고 고쳐 쓰는 부모님, 할머니 마음을 닮고 싶어서입니다.

찬밥이 누룽지가 되는 과정은 절묘합니다. 적당히 태워 생긴 탄소 입자는 날카롭지 않아서 세포에 상처를 입히지 않고, 몸속 독소를 흡착, 분해해 씻어낸다고 합니다. 누룽지는 자신을 태워 훌륭한 영양제

이자 해독제로 변신합니다. 전날 과음으로 힘들 때나 소화가 안 될 때 누룽지 끓여 먹으라는 어른들 말씀이 매우 일리 있었네요. 다만 성질을 누그리지 않으면 누룽지 만드는 일이 화를 돋우는 참사가 되기도 하니 조심하셔야 합니다. 제 첫 책 《혼자 술 마시는 여자》에 누룽지를 소재로 한 글을 소개합니다.

조금만 더 참으면

이리저리 돌아다니던
냉장고 안 찬밥을 모아
누룽지를 만듭니다.

급한 마음에
미처 다 눋지 못한 밥알들
주걱으로 긁을라치면

손목도 시리고
모양도 죄다 흐트러집니다.

진득이 기다리면 될 걸
조금만 더 참으면 될 걸

날 선 마음 누그리고

모난 마음 둥글리고

먼 산 한 번 바라보고

강아지 눈 맞춰

잘 잤니 인사하고

솥뚜껑 열어

누우렇게 고운 빛깔

얼굴 반쪽 내민

누룽지 만났습니다.

묵은지 유감(有感)

‘먹방’, ‘쿡(Cook)방’이 개인방송 채널까지 대세로 자리 잡은 지 벌써 여러 해입니다. 더욱이 코로나19 대유행 이후 어느 때보다 먹을거리에 대한 관심이 폭증하면서 의식주(衣食住)가 아닌 ‘식의주(食衣住)’ 시대가 왔나 봅니다. 다종다양한 요리 방송에 빠지지 않고 등장하는 식재료가 바로 ‘묵은지’입니다. 오랫동안 숙성하여 푹 익은 김장김치를 일컫는 묵은지. 요리에 재능과 관심이 없거나 요리할 시간이 없는 사람에게는 음식물 쓰레기로 버려질 운명이기 십상입니다. 발효음식 특유의 역한 군내와 물컹한 식감까지, 김치냉장고 속 골칫거리에 불과하니까요.

그래도 하얀 곰팡이가 다닥다닥 피어올라 도저히 못 먹을 것 같은 묵은지 한 포기도 버리지 않고 흐르는 물에 몇 번이고 빨아서 김치만두로, 비지찌개로 새롭게 만들어주시던 우리 할머니. 거북이 등가죽처럼 거친 손으로 맛난 음식을 뚝딱 해주시던 돌아가신 할머니가 문득 그립습니다. 천덕꾸러기 취급을 받는 묵은지라도 그 감별 기준은 버릴 것인가 쓸 것인가가 아니었습니다. 그냥 있는 그대로 먹을 것인가, 아니면 속을 털어내고 깨끗이 빨아서 먹을 것인가 이 두 가지였습니다. 취사선택이 아니라 '버리지 않고 어떻게 잘 쓸 것인가'였습니다.

누룽지와 묵은지 닮은 마음

필자는 가끔 스스로에게 이렇게 되묻곤 합니다. '나는 그동안 좋은 것, 쉽고 편한 것, 화려한 것만 취하고, 그렇지 않은 것들은 함부로 대하거나 버렸던 것은 아닐까?', '살림살이를 한다는 주부가 정작 살리는 일이 아닌 버리는 일, 죽이는 일을 거리낌없이 해왔던 것은 아닐까?', '낡았다고, 싫증났다고 홀대했던 것은 아닐까?' 하고 말입니다. '나이 듦', '늙음'을 대하는 태도도 마찬가지였던 것은 아닌지 자꾸 부끄러워집니다. 그래서 또 배웁니다. 검버섯 핀 바나나, 자신을 태워

누룽지로 승화한 찬밥, 곰삭은 묵은지처럼 익을수록 깊고 달콤하고
구수한 삶을 살겠노라 다짐합니다.

2. 차근차근, 차곡차곡, 차례차례

이제 다시 시작인 찬란한 내 인생

누구나 가장 빛났던 순간 혹은 제일 잘나갔던 순간, 그도 아니면 가장 찬란했던 순간이 있을 것입니다. 우리 삶을 춘하추동(春夏秋冬) 네 계절에 피는 꽃으로 비유해보겠습니다.

한참 먼 봄소식을 가장 빨리 알려주는 산수유를 시작으로 봄철에는 매화, 목련, 진달래, 개나리, 살구꽃, 복사꽃, 벚꽃이 우리를 맞이합니다. 햇살이 더욱 눈부신 여름이 되면 무궁화부터 찔레꽃, 작약, 패랭이꽃, 장미가 형형색색 산천을 장식합니다. 코스모스, 국화, 과꽃, 나팔꽃, 도라지꽃은 가을을 알리는 전령사입니다. 동백꽃은 단연코 외로운 겨울을 홀로 지킵니다.

이처럼 꽃도 피는 시기가 저마다 다릅니다. 차례대로 자기 순서에 맞춰 꽃을 피웁니다. 식물은 계절의 변화를 인지하고 낮의 길이와 온도 같은 최적의 조건이 무르익었을 때 꽃을 피우는 정교한 작동원리를 갖고 있습니다. 식물과 마찬가지로 결정적인 바로 그 순간은 사람마다 다른 시간에 찾아옵니다. 저마다 꽃 피우는 때가 다르기 때문입니다.

가나다라 배우며 글꽃을 찾은 마음

오십 해가 넘도록 시장통에서 생선 비린내 맡으며 자식 키우고 살아낸 79세의 정백안, 74세의 서경임 부부는 영암에서 목포까지 칠흑같이 깜깜한 새벽길을 하루도 빠짐없이 학교에 갑니다. 오가는 데 무려 네 시간은 족히 걸리는 거리를 오일장 서는 날을 빼고는 거르지 않습니다. 2022년 11월에는 전남인재평생교육원에서 주최한 평생교육 수기 공모에서 경임 씨가 최우수상을 받았습니다. '열여섯에 처음 만난 내 이름, 일흔 넘어 활짝 핀 글자꽃'이란 제목으로 상도 받고, 이름 없이 사느라 아팠던 마음도 아름다운 글꽃으로 승화시켰습니다. 세 살에 부모를 여의고 제때 배우지 못한 아픔을 늦깎이 학생이 되어 글로 녹여내며 지난 삶을 돌아보고 멍들었던 마음도 구석구석 어루만지고 있습니다.

온통 눈물과 서러움뿐이었던 삶이 배움을 통해 재밌는 살판으로 바뀌었다는 부부. 학교에 다니면서 어딜 가도, 누굴 만나도 당당하다는 경임 씨는 쓰는 글마다 큰 상을 받으며 웃음이 끊이지 않습니다. '둥지 속에 갇힌 새처럼 세상 밖 외면하고 일만 하던' 경임 씨에게 배움의 기쁨은 기적처럼 찾아온 행운입니다. 호미자루 연필 삼고 밭고랑 공책 삼아 마음을 써 내려가는 지금이야말로 인생에서 가장 화려한 날이 아닐까 미소 짓습니다.

쏜살같은 세월에 지지 않고, 해마다 먹는 나이에 꺾이지 않고 자기 때와 자기 사람을 기다린 이가 있습니다. 무려 72년을 기다린 주인공은 바로 강태공입니다. 3,000년 전 인물로 알려진 강태공의 본명은 강상(姜尙)으로, 선조가 여(呂) 땅을 식읍(食邑)으로 받았다고 하여 여상(呂尙)이라고도 불립니다. 훗날 주나라 문왕이 되는 서백(西伯)이 강태공을 초빙하며 선왕 태공이 간절히 바라던(望) 성인(聖人)이라고 일컬었기 때문에, '태공망(太公望)'이라는 이름도 얻었습니다.

조금만 더 기다리면 될 것을

위수(渭水)에서 낚시 3,600개를 버려가며 문왕을 기다렸던 강태공은 일흔두 살이 될 때까지 매우 가난하게 살았습니다. 극진(棘津)이라는 나루터에서 지내며 하는 일이라고는 독서와 낚시뿐이었다고 합니다. 그렇다고 물고기를 잘 잡았냐 하면 그것도 아니었습니다. 그가 드리운 낚시에는 바늘이 없었기 때문입니다. 바늘이 있었지만 곧게 펴져 있었다는 말도 있습니다. 아무튼 물고기를 잡으려고 낚싯대를 드리운 것이 아니니까요. 강태공이 낚시터에서 기다린 것은 물고기가 아니라, '때'였습니다. 자신을 알아주는 바로 그 사람을 만나 자신의 재능과 실력을 십분 발휘할 수 있는 기회. 강태공은 '그 때'와 '그 사람'을 만나기 위해 72년을 기다린 것입니다.

문왕을 만나기 전까지 강태공은 어떻게 지냈을까요. 은(殷)나라 주왕(紂王) 때에 이르러 집안이 몰락한 강태공은 천문, 지리, 병학(兵學) 등 온갖 학문에 능통한 희대의 천재였다고 합니다. 하지만 그의 학식과 통찰력 그리고 큰 뜻을 알아주는 사람이 없어 오로지 책만 읽으며 현자가 나타나기를 기다렸습니다. 이러다 보니 집안 살림에 도통 관심이 없는 강태공 대신 그 책임을 아내 마 씨(馬氏)가 모두 떠맡게 됩니다. 찢어지게 가난한 살림에 지친 아내는 날마다 남편을 닦달하며 살아갔습니다.

그러던 어느 날 강태공은 여느 때처럼 책에 파묻혀 있었습니다. 그래서 비가 오거든 마당에 널어놓은 강피(곡식의 한 종류)를 꼭 거두라고 신신당부한 아내 말을 까맣게 잊은 채 소나기에 그만 강피를 모두 쓸려 보내고 말았습니다. 이에 진절머리가 난 아내는 그 길로 이혼을 선언하고 집을 나갔다고 합니다. 떠나는 아내를 향해 강태공은 "조금만 더 기다리면 될 것을…" 하고 말했다고 전해집니다.

끝내 기다리는 힘

혼자서 살림까지 도맡아야 했던 강태공은 오십이 넘도록 여관에서 허드렛일을 하면서 힘들게 살았고, 그 뒤로는 백정 일을 했는데 도마 위에 놓은 고기가 썩을 때까지 찾아오는 사람이 없었다고 합니다. 그러다 마침내 위수가로 옮겨 낚시를 시작했고, 오랜 세월 끝에 문왕과 만났던 것입니다.

당시 중국은 은나라의 마지막 왕이었던 주왕(紂王)이 달기의 치마폭에 싸여 폭정을 일삼아 민심이 크게 동요하던 때였습니다. 이와 반대로 덕망이 있었던 문왕은 자신을 도와 천하를 다스릴 인재를 찾던 어느 날 사냥을 나가기 전 사관 편(編)에게 점을 치게 했습니다.

"위수에서 사냥을 하면 장차 큰 것을 얻을 수 있습니다. 이것은 용도 이무기도 아니고, 호랑이도 곰도 아닙니다. 장차 패왕을 보필할 스승이며 그 공이 3대(代)에까지 미칠 것입니다."

이 말을 들은 문왕은 3일 동안 목욕재계를 한 후 위수로 사냥을 떠났고, 강태공과 극적으로 만났습니다. 비록 낡은 옷의 초라한 늙은이가 낚시를 하고 있었지만, 문왕은 한눈에 그가 비범한 사람임을 알아보았습니다.

강태공 역시 자신의 뜻을 알아줄 현자가 나타나리라는 것을 믿고 있었기 때문에 학문과 수양에 매진하며 그 긴 세월을 기다릴 수 있었습니다. 강태공은 자신의 성공과 명예, 부귀영화보다 남을 잘되게 하려는 마음으로 부국강병의 술법을 끊임없이 공부하고 마음을 닦으며 10년 동안 3,600개의 낚시를 버리면서 때를 기다린 것입니다. 강태공이 지쳐 포기했다면, 언제 찾아올지 모를 '자신의 때'를 끝내 기다리지 못했다면 어떻게 되었을까요? 그 오랜 세월을 견뎌내며 자신이 쓰일 때를 기다리고 준비했기에 '강태공', '태공망'이라는 이름을 후세에 남길 수 있었지요.

차근차근, 차곡차곡, 차례차례

그에 반해 조급함, 성급함이 얼마나 자신을 힘들게 하고, 지치게 하고, 외롭게 하고, 또 때로는 절망하게 하고, 화나게 하는지 필자의 이야기를 나누려고 합니다.

2018년 12월 말에 첫 책 《혼자 술 마시는 여자》를 나이 오십에 세상에 내놓았습니다. 그동안 미루고 도망가다 만들어진 책인데다 제 생애의 사랑, 열정, 가족까지 모든 것을 다 녹여냈다고 생각했기 때문에 기대가 엄청 컸습니다. 욕심도 너무 많았습니다. 책이 딱 나오면 세상이 바뀔 줄 알았습니다. 하룻밤 자고 일어났더니 유명 작가가 되어 TV 프로그램 '아침마당'에 초대되고, '인간극장'에 출연하는 상상도 많이 했습니다.

그런데 상상과 현실은 참 달랐습니다. 이게 하루아침에 될 수 없는 건데, 머리로는 알지만 막상 책을 내고 보니 그건 다 잊어버린 채 금방 유명해질 줄 알고 커다란 꿈과 야망, 욕심과 기대를 가졌습니다. 그 욕심 때문에 점점 더 힘들어졌습니다. 주변 지인들과 가족들한테 더 실망하게 되었고요.

'나를 조금만 더 챙겨주지.'

'왜 책을 안 사줄까.'

'나를 잘 아는 사람이 왜 책을 안 알려줄까, 다른 사람 책은 홍보해주면서.'

마음에 별의별 부정적인 생각이 꼬리에 꼬리를 물더군요. 줄기를 걷어올릴 때 한 넝쿨에 끝도 없이 흙 속에서 끌려나오는 고구마처럼요. 책을 구매하고 SNS에 소개해준 사람들에 대한 고마운 마음은 잠시뿐, 관심도 없고 구매도 홍보도 해주지 않는 다른 사람들에게 서운해지면서 원망하는 마음만 가득했습니다. 그렇게 괴로워하던 어느 날, 필자의 대학원 논문 심사위원이었던 주철환 교수님께 책 출간 소식을 전해드렸습니다.

"차근차근, 차곡차곡, 차례차례."

뒤통수를 한 대 세게 얻어맞은 것처럼 정신이 번쩍 들었습니다. 답장으로 주신 세 마디가 다른 어떤 말보다 큰 위로가 되고, 대단한 응원이 되었습니다.

'그래, 차근차근 가야지. 천 리 길도 한 걸음부터인데, 한 발짝 한 발짝 떼야지. 차곡차곡 쌓아야지, 돌담을 쌓듯이. 크고 작은 자갈, 큰 돌, 작은 돌이 사이사이를 다 채워야 탄탄한 울타리가 되는 것처럼.'

주 교수님의 말은 필자가 힘들고 지칠 때마다 자신을 다시 한 번 돌아보게 해줍니다. 나만의 때와 사람을 기다리며 차츰차츰 나아갈 용기를 줍니다.

시유기시 인유기인

'아, 왜 이렇게 삶이 힘들까?'

'아, 왜 이렇게 일이 안 풀릴까?'

'아, 왜 이렇게 인간관계가 꼬일까?'

'시유기시 인유기인(時有基時 人有基人)', '때에도 그 때가 있고, 사람도 그 사람이 있다'는 뜻입니다. 지난 일을 돌이켜보거나 앞으로 일을 펼칠 때 길잡이가 되고 안내가 되는 말입니다. 어떤 일을 도모할 때 타이밍이 안 맞아서 실패하거나 어긋나는 경우가 굉장히 많습니다. 사람도 그렇습니다. 일이 거의 다 만들어지고 프로젝트가 왕성하게 진행되고 있는데, 꼭 '그 사람'이 필요한 경우가 있습니다.

강태공이 그토록 오랜 세월을 기다린 것처럼, 경임 씨가 글꽃을 피우며 만학도로 뚜벅뚜벅 걸어간 것처럼 필자도 차근차근, 차곡차곡, 차례차례 다음 책을 준비하며 새로운 사람, 새로운 인연을 만날 설렘을 안고 살아가려 합니다. 제 걸음에 집중하면서 말입니다. 주변을 원망하거나 자책하지 않고 오롯이 자신의 속도와 방향에만 신경 쓰며 새 사람, 새 때를 기다려봅니다. 당신과 저의 화양연화(花樣年華)는 아직 시작되지도 않았습니다.

3. 나이 유감(有感)

공자님, 이건 아니지 않습니까?

회의를 마치고 저녁을 먹으러 간 철남 씨가 주문한 순댓국이 나오기 전 툭 내뱉습니다.

"저는 환갑이 지났는데도 귀에 거슬리는 게 왜 이리 많은지 모르겠네요, 허 참. 나와 생각이 다른 사람도 많고, 옷차림과 말투도 여전히 거슬리는 것 투성입니다. 공자(孔子)님은 예순을 이순(耳順)이라고 하셨는데 말입니다."

산전수전 다 겪고 칠십이 넘은 공자는 《논어(論語)》 '위정(爲政) 편'에서 자신의 삶을 이렇게 회고했습니다.

"나는 15세에 학문에 뜻을 두었고(吾十有五而志于學), 30세에 스스로 섰고(三十而立), 40세에 미혹되지 않았으며(四十而不惑), 50세에 천명을 알았고(五十而知天命), 60세에는 귀가 순해졌고(六十而耳順), 70세에는 하고 싶은 바를 따르더라도 법도에 어긋나지 않았다(七十而從心所欲 不踰矩)."

우리도 나이가 육십갑자(六十甲子) 한 바퀴 돌면 귀가 순해진다는

'이순(耳順)'이 될까요? 공자 나이 60세가 되어 천지만물의 이치에 통달하게 되고, 듣는 대로 모두 이해하게 된 데서 나온 말이 '이순(耳順)'입니다. 남의 말을 듣기만 해도 그 이치를 깨달아 이해하고, 남이 하는 말을 순순히 받아들인다고도 해석되는 '이순'. 필자도 앞으로 4년이 지나면 예순 나이가 될 텐데 '이순' 경지에는 감히 이르지 못할 것 같습니다. 당신은 어디쯤 속하는지 한 번 떠올려 보세요.

"열다섯에 왜 공부해야 하는지 도통 몰랐고, 서른에 등 떠밀리듯 결혼했고, 마흔에는 유혹에 빠져 미친 듯이 방황했고, 쉰에 겨우 정신 차릴 즈음 가족이 흩어졌고, 육십엔 여차하면 시비에 휘말리는 꼰대가 되더니, 이제 칠십을 바라보니 노망날까 두렵기 짝이 없네요."

그날 저녁 자리에 함께 있던 순욱 씨가 갑자기 한숨을 푹 내쉽니다.

노령 인구 1천만 시대

매년 우리나라 65세 이상 노령 인구가 최고치 기록을 세우고 있습니다. 이 추세대로라면 2025년에는 고령 인구 비중이 20%를 넘어설 것으로 예상되고, 경제협력개발기구(OECD) 주요국 중에서 가장 빨리 초고령 사회로 진입하게 됩니다. 환갑을 넘어 칠순, 팔순, 구순에 이르는 인구가 1천만 명에 육박한다고 하니 귀도 순해져야 하고(60, 耳順), 하고픈 대로 해도 민폐가 되지 않아야 하고(70, 從心), 정말 나이별로 숙제가 태산입니다.

반면, 유엔(UN)은 2015년에 이미 체질과 평균수명, 사회적 역할과 역량의 변화를 고려해 인간 생애주기에 따른 새로운 연령 기준을 정의했습니다. 태어나서 17세까지가 '미성년(underage)', 18~65세까지 장장 50년 가까이가 '청년(Youth or young people)', 66~79세까지가 '중년(Middle Aged)'이랍니다. 80세를 넘어야 겨우 '노인(Elderly or senior)' 축에 들고, 100세를 넘겨야 '장수 노인(Long-lived elderly)' 대접을 받게 됩니다.

10여 년 전 새로운 연령 기준 얘기를 처음 들었을 때는 솔직히 웃고 말았습니다. 그 당시 필자는 40대였기 때문에 5060세대랑 한 집단으로 묶이는 게 매우 불쾌했던 기억이 납니다. 지금 돌이켜보면 부끄럽기 짝이 없습니다. 세월 무서운 줄 모르는 철부지였으니까요. 2024년 만으로 쉰여섯 살 먹은 필자는 이제야 유엔이 정한 나이 기준이 얼마나 고마운지 모릅니다.

100세 시대, 환갑에 다시 시작하는 청춘

유엔 연령 기준대로 생생히 살아오신 분이 우리 곁에 있습니다. 1920년 4월 23일생으로 현재 104세인 철학자 김형석 연세대 명예교수입니다. 지팡이 없이 꼿꼿하고 단정한 모습으로 청중을 만나는 김 교수는 책과 강연, 방송 인터뷰를 통해 "인생에서 제일 좋고 행복한 나이는 60에서 75세까지이고, 성장하는 동안은 늙지 않는다"고 거듭

강조합니다. 65세에 정년퇴임하고 나서 할 일이 더 많았다는 그는, 강의했던 내용을 책으로 내기 시작했고, 그러면서 정부기관, 기업체, 사회단체 등에서 강의 요청이 쇄도해 대학에 있을 때보다 훨씬 많이 강연을 했다고 합니다.

"전 누굴 만나든지 90세 전엔 늙지 마라, 늙을 필요가 없다고 말합니다. 여러분은 30, 60, 90세까지 세 단계를 살게 됐으니까요."

그는 30세까지는 내가 나를 키워가는 단계이고, 65세쯤까지는 직장과 더불어 일하는 단계이며, 90세까지는 그동안 받은 것을 나누며 사회를 위해 일하는 단계라고 구분합니다. 60세쯤 되니까 조금 철이 드는 것 같고, 75세쯤까지는 성장하는 것 같았던 게 76세 즈음에 제일 좋은 책들이 나올 수 있었다고 자평하는 김 교수는 99세가 되어서야 일간지 두 곳에 칼럼을 쓰기 시작했다고 합니다. 지금도 연간 100회가 넘는 강연과 글쓰기로 일상을 보내는 그는 절대로 늙지 않는 정신력으로 신체와 균형을 유지하는 중입니다. 95세쯤 되니까 정신력이 쇠락한 신체를 업고 가더라며, 50대가 되면 떨어지기 시작하는 기억력에 비해 창조하는 능력인 사고력은 오히려 그때부터 올라간다고 하며 우리를 안심시킵니다.

나이에 주눅 들지 않기

그렇다면 필자처럼 코앞에 닥친 예순, 이순을 우리는 어떻게 맞이해야 할까요. 우리와 더불어 형형하게 살아 있는 104세 김형석 교수가 60대에게 준 말씀을 다시 새겨볼 필요가 있습니다.

"인생에서 열매를 맺은 기간은 60대였던 것 같다. 그래서 60대엔 제2의 출발을 해야 한다. 독서로 대변되는 공부를 다시 시작하고, 놀지 말고 일하라. 과거에 못 했던 취미 활동도 시작하라."

올해 91세인 필자의 시어머니, 87세인 친정아버지, 82세인 친정어머니 세 분 모두 60대에 현역이었고, 지금도 일터에서, 밭에서 일손을 놓지 않고 계십니다. 친정어머니 김초자 여사는 최고령 편의점 아르바이트로 1020 손주 세대와 얘기하는 게 행복하다고 하십니다. 오늘 점심에 전화드렸더니 어제 노인대학 졸업식을 마치고, 부석사로 졸업여행 중이라고 자랑이시네요. 친정아버지 박성옥 선생은 젊어서부터 보던 《명심보감(明心寶鑑)》과 일본어 교과서를 몇 번이고 필사하며 기억력이 예전만 못하다고 엄살을 부리십니다. 겉절이 담근 이야기를 하다 어떤 낱말이 제 머리를 맴돌기만 하고, 퍼뜩 떠오르지 않자 '우거지 아니냐'며 보란 듯이 건재함을 증명해내시는 분이 바로 시어머니 조진실 여사입니다.

귀가 순해지기 위한 방법을 한참 궁리하던 차에 김형석 교수부터 필자의 양쪽 부모님까지 이야기를 하다 보니 공통점을 찾았습니다. '총명(聰明)'이 그것입니다. 귀 밝을 총(聰)과 눈 밝을 명(明)이 합쳐진 총명은, 남의 소리를 잘 듣고 받아들이며, 남의 입장과 처지도 밝게 살피는 지혜를 뜻합니다. 때로는 같이 사는 강아지나 길에서 만난 고양이, 시들어 말라가는 관음죽이 내는 소리에도 귀를 기울이는 것이 총명입니다. 비단 밖의 소리뿐 아니라 내 안의 목소리에도 귀를 기울이고 잘 들어줄 줄 알아야 총명과 이순이라는 경지를 맞이한다는 데 생각이 미쳤습니다.

물어볼 줄 아는 용기

공자가 진(陳)나라를 지나갈 때, 어떤 사람한테 귀한 구슬을 선물로 받았습니다. 하나뿐인 구멍에 실을 꿰려는데, 구슬 구멍이 아홉 구비나 구부러져 있어 아무리 해도 꿰어지지 않았습니다. 고민하던 공자가 마침 뽕잎을 따고 있는 한 아낙에게 물었습니다. 그러자 그 아낙은 웃으며 말했습니다.

"꿀을 이용하면 가능할 것이니 천천히 생각해 보세요."

공자는 시키는 대로 곰곰이 생각하다 그녀의 말뜻을 깨닫고 무릎을 쳤습니다. 그리고는 개미 한 마리를 붙잡아 허리에 실을 잡아맨 다음, 구슬 한쪽 구멍으로 밀어넣고, 다른 편 구멍에는 꿀을 발라둔 뒤 기다렸습니다. 마침내 꿀 냄새를 쫓아 반대편 구멍으로 나온 개미 덕분에 실을 꿰는 데 성공했다는 이 고사가 바로 '공자천주(孔子穿珠)'입니다. 송(宋)나라의 목암선경(睦菴善卿)이란 선사(禪師)가 편찬한 《조정사원(朝廷事苑)》에 나오는 이야기로 알려져 있습니다.

내가 모르는 것을 다른 사람에게 묻는 것이 전혀 부끄러운 일이 아니라는 것을 이 일화는 가르쳐줍니다. 나이가 많든 적든, 신분이 높든 낮든 꺼리지 않고 누구에게든 묻고, 스승으로 삼으려는 공자의 마음을 우리도 배운다면 나이 먹는 두려움과 서러움에서 조금은 벗어날 수 있지 않을까요.

3여 인생, 청춘을 제대로 즐기는 법

우리는 나이를 의식하지 않고, 나이에 구애됨이 없이 멋지게 청춘을 즐기려면 여백과 여유, 여지를 잊지 말아야 합니다. 왜 그런지 한번 알아봅시다.

• **여백**(餘白): 글씨나 그림이 꽉 차 있으면 보는 사람은 숨이 막히고 답답해집니다. 빈자리나 행간이 적당히 있어야 숨통이 트이고, 이야기하는 사람과 듣는 사람이 마음을 주고받을 수 있습니다. 자기 말만, 그것도 일제 강점기부터 피난 시절까지 고생한 얘기 수백 번 한다고 알아주는 자식 드뭅니다. 대화에도 여백을 주어야 쌍방향 소통이 가능해집니다.

• **여유**(餘裕): 아무리 급해도 바늘허리에 실 매어 쓸 수는 없는 법입니다. 차분하게 생각하고 느긋하게 움직이는 것이 오히려 실수를 줄여서 시간을 벌 때가 많습니다. 나이가 들수록 자꾸 젊은이들이 늦다

고 재촉하거나 더디다고 성화를 낼 게 아니라 기다려 줄 수 있는 여유를 부려봅시다.

• **여지**(餘地): 평소에 "난 한 번 한다고 하면 여지없이 확실한 사람이야"라고 자부하다가 큰코다친 경험이 있다면 잘 생각해 보아야 합니다. 일말의 틈이나 만회할 기회를 주지 않고, 상대방을 가차없이 몰아세우지는 않았는지 돌아볼 필요가 있습니다. 여지가 있어야 그 사이로 아이디어나 영감이 떠오르고, 원하는 결과를 얻게 되어 서로가 만족할 수 있습니다. 남이 하는 말이나 내 마음의 소리를 마음 열고 듣다 보면 귀도 순해지고, 우리 삶이 순풍에 돛 단 듯 멋진 항해를 시작할 수 있지 않을까요.

4. 당신 마음에 귀 기울이는 방법

듣는 즐거움? 듣는 고통?

몇 년 전 '진정한 대화'를 주제로 스무 명 남짓 참가자들이 빙 둘러앉아 자신이 느낀 것을 나눈 적 있습니다. 갑자기 진행자가 두 사람씩 짝을 지어 휴대전화 타이머로 정확히 15분씩 상대방 이야기를 듣기만 하라고 했습니다. 다음과 같은 규칙을 반드시 지켜야 한다고도 강조했습니다.

1. 중간에 말을 자르거나 끼어들지 말 것.
2. 눈을 마주 볼 것.
3. 고개를 끄덕이거나 긍정적인 반응을 할 것.

거기에 있었다면 당신은 어땠을까요. 저는 타이머가 작동하기 전 혼잣말을 했습니다. '30분씩 발표도 하는데, 그깟 15분을 못 들을까 봐?' 하고 자신감이 넘쳤습니다. 하지만 웬걸요. 5분이 그렇게 긴 시간인 줄 미처 몰랐습니다. 자꾸만 벽시계를 힐끔거렸습니다. 중간에 참견하고 싶어서 입이 근질근질했습니다. 비로소 열다섯 시간 같은 15분이 지나고 순서가 바뀌었습니다. 또다시 15분이 지나고 나서야 종잡을 수 없는 제 얘기를 들어준 짝꿍이 그렇게 고맙고 귀할 수가 없었습니다.

세상은 온통 말하기, 스피치, 웅변, 감정 표현하기, 의사 전달하기 등 화자(話者)에만 관심이 쏠려 있습니다. 소통을 말하지만, 정작 우리는 말하는 사람에게만 집중해왔습니다. 말 잘하는 사람에게 박수를 보내고, 현란한 말장난에 찬사를 던지고, 임기응변에 혀를 내둘렀습니다. 하지만 똑똑하고 총명하기를 바란다면 말하기보다 듣기에 초점을 맞춰야 합니다. 말귀를 알아들어야 이해력이 빨라지기 때문입니다.

듣기가 주는 놀라운 효과

"대화의 첫 규칙은 듣는 것이다. 말하고 있을 때는 아무것도 배울 수 없다."

인종 차별에 반대해 투쟁한 흑인들을 화형, 총살 등으로 잔인하게 탄압한 국가 폭력 가해자까지 용서와 화해로 품었던 노벨평화상 수상자 넬슨 만델라 대통령. 그가 생전에 강조했듯, 듣는 데서 대화와 소통은 시작됩니다. 나아가 듣는 데서 배움이 싹틉니다. 세계 50대 기업 최고경영자들을 20년 넘게 컨설팅한 버나드 페라리(Bernard T, Ferrari)

는 이들의 성공 요인은 오랜 시간 공들여 '참을성 있는 귀'를 만든 데 있다고 했습니다.

'정관의 치(貞觀之治)'로 중국 역사에서 황금시대를 펼쳤던 당 태종은 신하 위징(魏徵)의 직언을 명심했다고 합니다. "양쪽 의견을 들으면 밝게 되지만, 한쪽 의견만 들으면 어둡게 됩니다(兼聽則明 偏聽則暗)"라는 말을 흘려듣지 않고 귀에 새겨 덕망 있는 정치를 펼칠 수 있었습니다.

백성 사랑하기에 둘째가라면 서러울 세종대왕. 그는 세자 시절부터 학문이 높았고, 아버지 태종의 인정을 받을 만큼 통찰력이 뛰어났다고 합니다. 그런 세종도 현안마다 의견을 구하고, 신하들의 말에 귀를 기울이고 힘을 실어주었습니다. 특히 대왕은 '구언(求言)'이라는 제도를 적극 활용했는데, 여기서 올라온 상소는 승정원을 거치지 않고 임금에게 직접 전달되었다고 합니다.

이처럼 과거에 국가 최고 권력이 귀를 열어 세상을 밝게 다스렸다는 말은 지금의 우리 사회에도 절실히 요청됩니다. 그러기 위해서는 마음은 돈과 권력으로 사는 것이 아니라 잘 듣는 것이 지름길이라는 걸 아는 총명한 지도자를 선택해야 할 것입니다. 아울러 나라가 위기에 처했을 때 거리낌없이 직언하라는 지도자의 태도는 들을 준비를 충분히 했을 때 가능합니다.

청와대 비서진으로 활동했던 한 인사는 대통령과 세상을 연결하기 위해 각계각층 다양한 인물을 소개했다고 합니다. 그 만남이 성공

했는지 가늠하는 척도는 다름 아닌 '누가 말을 많이 했느냐'였습니다. 대통령이 자기 말을 줄이고 그날 참석자들의 이야기를 주로 듣는 편이었다면, 분위기도 화기애애하고 성공적이었다고 합니다. 반대로 주구장창 대통령 혼자 떠들었다면 경직된 분위기에 소통은 실패작이 되고 말았다고 합니다. "아, 대통령께서 말씀 잘하시데요. 아는 것도 많으시고…"가 과연 칭찬일까요?

경청이 지닌 두 가지 속뜻

경청이란 말을 검색하면 두 가지 한자가 나옵니다. 첫 번째는 경청(傾聽), 두 번째는 경청(敬聽)입니다. 내 마음을 상대방 가까이 기울이는(傾) 게 바로 첫 번째 경청이라면, 공경하는 마음(敬)으로 듣는 것이 두 번째 경청입니다. 둘 다 뜻은 일맥상통합니다. 모두 듣는 힘, 듣는 능력을 말합니다. 귀를 기울여서 존경하는 마음으로 듣는 게 바로 경청입니다. '너는 지껄여' 하며 귓등으로 듣는 수동적인 행위가 아닙니다. 경청은 예의를 갖춰서 그 사람이 하는 말에 몸과 마음을 기울여 적극적으로 듣는 것입니다.

두 경청이란 말에 공통으로 들어가는 청(聽)에는 '듣다', '들어주다', '판결하다', '결정하다', '다스리다', '받아들이다', '허락하다', '용서하다', '살피다', '밝히다', '기다리다', '따르다', '순종하다', '맡기다' 등과 함께 '마을', '관청'까지 많은 뜻이 담겨 있습니다. 통계청, 산림청,

경찰청, 특허청처럼 관청을 나타내기도 하고, 어떤 결정이나 판결을 내리는 행위를 말합니다. 백성이나 주민의 어려움과 민원을 들어주는 게 관청, 마을이 하는 일입니다.

들어준다는 것은 듣는 사람의 에너지가 들어가는 행위입니다. 누군가의 자랑이든 고통이든 그 이야기를 듣는다는 것은 내 힘과 에너지를 끌어와 정성을 기울여야 하는 일입니다. 딴전을 피웠다간 단박에 들통나서 말하는 상대가 서운해하거나 토라질 수도 있습니다.

필자도 듣기만 하고 집에 돌아오는 날이면 심신이 녹초가 되는 상황이 종종 있습니다. 나를 해코지한 것도 아니고 물질적인 손실이나 육체적인 상해를 가한 것도 아닌데, 엄청나게 기운이 소진되기 때문입니다. 그만큼 들어준다는 것은 정성이 굉장히 많이 들어간다는 반증이기도 합니다.

그럼 들어주려면 어떻게 해야 할까요? 먼저 가까이 가야 합니다. 전화 통화할 때나, 얼굴을 마주할 때나, 자녀가 자기 방에서 불렀을 때나, 거실에서 남편이 불렀을 때 가까이 가야 합니다. "여보!", "엄마!" 하고 불렀을 때 들은 척하지 않을 수도 있고, 듣는 둥 마는 둥 할 수도 있습니다. 그건 청이 아닙니다. 청이라는 건 내가 다가가는 것입니다. 아이 방에 들어가서, 그 사람 옆으로 가서, 직접 전화해서 목소리로, 혹은 눈을 마주 보고 들어주는 것이 청입니다.

또 하나 청에 들어 있는 중요한 뜻은 '용서하다'입니다. 그 사람의 사정, 입장, 왜 그런 일이 있었는지 들어보면 그 사람이 했던 어떤 일을 용서할 수 있게 됩니다. '용서(容恕)'라는 말은 한자가 가리키는 대로 듣는 사람과 말하는 사람의 마음(心)이 같아지는 것(如)이니까요. 어떤 상황이나 사건이 생겼을 때 입장이나 처지를 잘 살피면 용서하는 마음이 생기게 됩니다. 그 사람의 형편과 억울함, 서운함을 자세히 살펴서 밝혀주기 때문입니다.

들을 청(聽)에는 '기다리다'란 뜻도 있습니다. 우리는 성질이 참 급합니다. 그래서 "했어, 안 했어?", "갔어, 안 갔어?", "잤어, 안 잤어?"라며 빨리 결론을 듣고 싶어 합니다. "지금 행복하다는 거야, 불행하다는 거야?", "나 사랑해, 아니야?"라며 기다리지 못하고 계속 재촉합니다. 그 사람이 이야기할 틈을 주지 않습니다. 그러기가 쉽습니다. 저도 많이 그랬으니까요.

당신도 경청의 달인이 될 수 있다

지금 밖에서는 각양각색 새들이 저마다 목소리를 높이며 뽐내고 있습니다. 도대체 뭐라고 하는 걸까요? 가만히 앉아 있지 말고 자리에서 일어나 창문을 열어보세요. 비단 새소리뿐 아니라 강아지나 고양이 소리, 아기 울음소리까지 들릴 것입니다. 갓난아기는 졸릴 때, 배고플 때, 기저귀가 젖었을 때, 열 오르고 아플 때, 업어 달라고 할 때, 놀아 달라고 할 때 내는 소리가 모두 다릅니다. 소중히 여기면 상대가 내는 소리에 저절로 귀를 쫑긋하게 됩니다. 어떤 상태인지, 뭐가 불편한지, 왜 울까 궁금해 관찰하고 지켜보면 소리를 구별해내고, 그 마음을 알 수 있습니다.

당신과 갈등 관계인 사람이든, 자신을 학대하고 방치하고 미워하는 사람이든 마음의 소리에 귀를 기울여서 그 사람의 형편과 사정과 입장을 충분히 들어주고 기다려주고, 용서할 일이면 용서해주고 받아들이는 것이 진정한 경청입니다. 들려도 안 들리는 척, 못 들은 척하지 말고, 다정하게 살았으면 정말 좋겠습니다. 마음 미장공의 이야기에 귀 기울여주셔서 고맙습니다. 당신은 진정 경청의 달인입니다.

5. 존귀함을 되찾는 말의 힘

"딸아, 되는 대로 살아. 걱정한다고 잘되는 것도 아니더라. 그만하면 됐니라."

아침 안부 전화 끝에 여든 중반을 넘긴 아버지가 툭 한마디 던지십니다. 갑자기 참았던 눈물이 울컥 터져 휴대전화 바탕화면이 부옇게 번집니다. 우리는 가끔, 어쩌면 자주, 마음이 바닥을 치고 속절없이 주눅들 때가 있습니다. 보잘것없이 초라해진 자신에게 되는 대로 살아도 된다고, 살아 있는 것만으로도 대견하다고 말해준다면 어떨까요? 당신은 살아보니 별것 없다고 끌탕하지 말라고 말해주는 누군가가 곁에 있습니까?

사랑을 넘어 추앙으로

2022년 5월 29일 방송이 끝난 뒤에도 화제와 열풍을 불러일으키고 있는 JTBC 드라마 '나의 해방 일지'. 4년 남짓 공들여 이 드라마를 준비했다는 박해영 작가가 이제 '사랑'만으로는 부족하다며 내세운 것이 '추앙'입니다. TV 뉴스 자막은 물론이고, 프로야구 경기장 응원 구호에도 '추앙(推仰)'이 등장했으며, 광고 문구에도 '추앙'이 빠지면 섭섭할 만큼 이 단어는 대세 중의 대세가 되었습니다. '추앙'은 높이 받들어 우러러보는 것을 뜻합니다. '새가 앞으로 날 수 있도록 손으로 밀어준다'는 추(推)와 자기 앞에 있는 사람에게 무릎 꿇고 경배하는 모습을 표현한 앙(仰)이 합쳐진 것입니다.

이 드라마에는 하루도 거르지 않고 소주를 네 병씩 마시는 남자 주인공 구 씨(손석구 분)가 등장합니다. 공장일이나 밭일이 없는 날이면 그는 아침부터 마신 술로 제 몸 하나 가누지 못한 채 넘어지고 맙니다. 얼굴이 깨진 채 피를 흘리는 그 모습이 눈에 띈 순간, 남자친구에게 버림받고 빚까지 떠안아 신용불량자가 되기 일보 직전인데다 카드회사 계약직으로 일하며 폭언과 모욕을 일삼는 팀장에게 영혼마저 빼앗길 지경인 여자 주인공 염미정(김지원 분)은 그에게 말합니다.

"날 추앙해요."

숨조차 제대로 쉬지 못할 만큼 절벽 밑바닥으로 추락한, 텅 비어버린 자신을 '추앙'으로 채워달라고 자기 밑바닥까지 보여준 남자에게 명령합니다. 그것은 아마 상대가 아닌 자신에게 내리는 명령이고, 선언이며, 다짐에 진배없습니다. 무슨 사연이 있는지 묻지도 않습니다. 왜 그렇게 힘들어하는지도 알고 싶지 않습니다. 그저 눈길이 갔을 뿐입니다. 원래 나와 당신은 하나니까요. 당신이 아프면 나도 아프니까요. 인간(人間)이란 말처럼 우리는 사이에서 존재를 발견하니까요.

예전과 달라진 나를 경험하는 방법

"확실해? 봄이 오면 너도 나도 다른 사람 되어 있는 거?"

"확실해."

"추앙은 어떻게 하는 건데?"

"응원하는 거. 넌 뭐든 할 수 있다. 뭐든 된다. 응원하는 거."

인생 종점에 도착한 것마냥 지리멸렬한 두 남녀는 그렇게 해서 서로를 '추앙'하기로 합니다. 그런데 여기서 마법이 시작됩니다. 자책과 자학이 일상이던 자신이 어느 순간 사랑스러워집니다. 게다가 상대방도 예뻐 보입니다.

"자꾸 답을 기다리게 되는 마음은 어쩔 수 없지만, '두고 봐라. 나도 이제 톡 안 한다' 이런 보복은 안 해요. 당신의 애정도를 재지 않아도 돼서 너무 좋아요. 그냥 추앙만 하면 되니까. 당신 톡이 들어오면 통장에 돈 꽂힌 것처럼 기분이 좋아요."

아무리 지랄 맞은 성미도, 문자 메시지를 읽고 씹든, 안 읽고 씹든 그냥 웃으며 받아들입니다. 그 사람이 내뱉는 말에 휘둘리거나 끌려다니지 않고 행간을 읽을 줄 알게 됩니다. 말이나 글자를 그냥 그대로 해석하지 않고, 괄호 안에 숨어 있는 속뜻을 보물찾기처럼 찾아내는 능력이 생깁니다. 그렇게 드라마 속 구 씨와 미정은 달라집니다. 화려한 겉모습이나 남부러워하는 직업, 유창한 말솜씨 같은 포장지 따위가 필요 없어집니다. 오직 있는 그대로 나와 상대방을 바라보기 시작하는 순간 참사랑, 추앙이 싹틉니다.

지금 내 마음속 성역에는 누가 있습니까? 섣불리 충고나 조언하지 않고 원치 않는 평가나 판단도 하지 않으면서 오로지 있는 그대로 나를 지켜봐 줄 사람이 있습니까? 또 나는 그 사람 인생에 개입해서 간섭하지 않고 있습니까?

원망 한 톨 없이, 미움 한 줄기 없이 그저 아낌없이 사랑만 줄 수 있다면, 나도 당신도 그 누구라도 해방될 것입니다. 그로 인해 나도 살고, 그 사람도 살아낼 수 있을 것입니다. 떡시루처럼 켜켜이 쌓이고 쌓인 증오를 멈추고, 눈뜨자마자 달려드는 내 생의 침입자들을 쓰러뜨리지 않고 웃으며 환대할 때 진정한 사랑, 추앙이 완성되지 않을까요?

'추앙' 그리고 나마스테

아인슈타인은 어느 날 TV 뉴스를 통해 인도 거리에서 두 손 모아 인사하는 맨발의 간디를 봅니다. 카스트 계급에도 속하지 못한 채 불가촉천민(不可觸賤民)으로 멸시받던 사람들에게까지 합장하며 절을 하던 간디. 그가 뭐라고 인사하는지 궁금해진 아인슈타인은 편지를 보냈고, 간디는 이렇게 답장을 합니다.

"나는 온 우주가 거하는 당신 내면의 장소에 절을 합니다. 빛과 사랑, 진리와 평화, 그리고 지혜가 깃든 당신 내면의 장소에 경의를 표합니다. 이것이 '나마스테'의 뜻입니다."

'나마스테'는 '내 안의 신이 당신 안의 신께 문안드립니다'라는 뜻입니다. 인도와 네팔에서 흔히 주고받는 인사말로, 만났을 때나 작별할 때도 사용합니다. 다신교인 힌두교 문화권에서는 수많은 신이 각자의 몸에 다양한 형태로 존재한다고 믿기 때문에 상대방을 신처럼 여긴다고 합니다. 자신이 믿는 신은 물론 상대가 숭배하는 신에게도 경의를 표하는 마음이 이 인사에는 깔려 있습니다. 유일무이한 우주적 가치를 지닌 당신에게 온 마음으로 경배를 드린다는 뜻의 '나마스테'. 상대의 존재 가치에 가장 높은 존경을 나타내는 말로, 지금 이 순간 당신을 존중하고 사랑한다는 말입니다.

간디의 답장을 받은 당대 최고의 과학자 아인슈타인은 뒤통수를 세게 맞은 충격에 휩싸입니다. 우주의 신비를 풀기 위해 평생을 바친 아인슈타인이 그토록 찾아 헤맨 답이 바로 우리 마음속에 있다고 했으니 말입니다.

반갑습니다! 고맙습니다!

우리나라에도 '나마스테'와 같은 뜻을 지닌 말이 있습니다. "반갑습니다!"와 "고맙습니다!"입니다. '반'이나 '고마'는 우리 고대 선조들이 신(神)을 뜻하는 인칭대명사로 썼다고 합니다. '당신은 반(神)과 같습니다', '당신은 신과 같은 사람입니다'라는 의미를 지닌 최상의 인사였다고 전해집니다. '반'은 '환하다', '하늘의'라는 뜻으로 넓어져 지금까지도 우리 일상생활에서 쓰이고 있습니다. 어떤 사람이 성품이 바를 때 우리는 '반듯하다'고 하고, 신의 뜻이나 약속처럼 꼭 이루어지는 것을 '반드시'라고 말합니다. '반짝반짝', '반딧불'처럼 밝고 온전한 신의 속성을 표현한 말에도 '반'이 들어갑니다.

이렇게 깊고 아름다운 뜻이 우리말에 들어 있는 줄 저 역시 잘 몰랐습니다. 내 마음 밭에 미움과 증오의 씨앗을 뿌릴 게 아니라, 나와 상대를 존경하고 귀하게 여기는 말씨를 심으면 좋겠습니다. 말이 지닌 참뜻을 새기면서 승강기에서 마주친 새로 이사 온 이웃에게 먼저 인사를 건네 보세요.

겨울

문풍지 잘 바르고 뽁뽁이 빈틈없이 붙여 찬바람 막을 때입니다.
당신 마음도 갈무리 잘 되어가고 있나요?

1. 은혜는 빨리, 원수는 최대한 천천히

서로 다른 계산법

최근 재벌 회장 부부의 이혼 소송을 비롯해, 유명 방송인과 부모, 형, 형수 사이의 고소고발이 TV는 물론 인터넷, 소셜미디어 등으로 생중계되는 세상을 살고 있습니다. 당사자들은 얼마나 괴롭고 힘들었으면 가족 면면 사생활과 치부가 만천하에 드러나는 것도 개의치 않는 지경에 이르렀을까요. 피를 나눈 형제자매가, 부모와 자식이, 하늘이 맺어준 인연이라는 부부가 소송과 맞소송을 벌이는 건 계산법이 서로 달랐기 때문이 아닐까요? 내가 베푼 은혜는 100인데 상대가 갚은 것은 10도 안 된다거나, 오히려 부모, 자식, 배우자가 등골을 빼먹었다고 여기는 데서 갈등은 촉발됩니다. 그리고 급기야는 봉합할 수 없는 상처를 남기며 한 하늘을 이고 살 수 없는, 말 그대로 불구대천(不俱戴天) 원수가 됩니다.

"한 부엌에서 은혜와 원수가 나는 것이니 내 주위를 잘 살펴야 한다. 나를 모르는 사람이 어떻게 나에게 원수가 되며 은혜가 될 수 있는가. 나를 가장 잘 아는 아내, 남편, 자식, 형제, 선후배가 은혜가 되고 원수가 되는 것이다."

성철 스님의 생전 법문입니다. 스님의 말처럼 나를 그 누구보다 잘 아는 아내, 남편, 자식, 형제, 친구, 선후배가 은혜도 되고, 원수도 되기 쉽습니다. 같은 부엌에서 시어머니와 며느리가, 큰동서와 작은동서가 둘도 없이 각별한 사이가 되는가 하면, 도리어 화근으로 작용해 철천지원수가 되기도 합니다. 나한테 도움을 받은 사람이 반드시 나를 위해 이롭게 행동하라는 법은 없습니다. 생면부지의 남보다 더 헐뜯고 곤경에 빠뜨릴 수도 있습니다. 내가 베푼 은혜가 거꾸로 원수가 되는 이야기를 드라마를 통해 한번 살펴보시죠.

'가족끼리 왜 이래' 속 불효 소송

"그저 잘되라 잘되라만 가르쳤지 인생에 대해 감사하는 법을 제대로 가르치지 못했습니다. 해서 이 못난 애비가 뒤늦게나마 뉘우치고 자식들한테 회초리를 들까 하는데, 자식들의 머리는 너무 굵었고 저는 초라하여 손에 힘이 없습니다, 판사님. 그러니 법으로 그 회초리에 힘을 좀 실어주십시오. 제 인생의 마지막 회초리입니다. 이 회초리가 우리 자식들 인생에 선물이 될 수 있도록 부디 한 번만 도와주시길 바랍니다."

2014년 KBS-2TV에서 방영된 주말 드라마 '가족끼리 왜 이래'에서 주인공 차순봉(유동근 분)은 삼남매에게 불효 소송을 제기하며 자신의 입장을 판사에게 이렇게 호소합니다. 원고와 피고가 된 부모와 자식. 합의할 때까지 조정을 계속하겠다는 판사. 마침내 이들은 세 남매의 월급 가압류 해지와 소송 취하 약속에 대한 선행 조건을 내걸고 합의에 도달합니다. '아버지의 소원판'이란 제목으로 적은 합의 사항은 다음과 같습니다. 여기엔 암 선고를 받아 얼마 남지 않은 시한부 삶이라는 전제가 들어 있긴 합니다.

1. 애들(삼남매)이랑 밥 같이 먹기
2. 애들이랑 하루에 한 번씩 전화 통화로 안부 묻기
3. 우리 딸 짝 찾아주기
4. 우리 큰아들 내외랑 3개월 동안 함께 살아보기
5. 우리 막내아들한테 한 달에 백만 원씩 용돈 받기
6. 고고장 가기
7. 가족 노래자랑

소송을 제기한 아버지 역을 맡은 배우 유동근은 그해 연말 KBS 연기 대상을 받으며 이렇게 소감을 밝혔습니다.

"저를 뒤돌아보는 여정이 되었습니다. 극 중에서 두 아들이 젊은 날의 저였습니다. 뭘 잘못했는지 모르고 이렇게 나이를 먹었는데, 이제라도 제가 뭘 잘못했는지 알게 돼서 너무나 다행입니다. 그게 너무 고맙습니다. 아버지 어머니, 너무 죄송합니다. 지난날의 저를 용서해 주십시오. 제 아이들이 잘되게끔 지켜봐 주십시오."

최근 이처럼 재산을 증여받은 자녀가 부모를 외면했을 때, 은혜를 저버리는 망은(忘恩) 행위에 대해 증여한 재산을 돌려받을 수 있도록 하는 내용의 민법 개정, 이른바 '불효자 방지법'이 추진되고 있습니다. 그러나 몇 년째 국회 발의에 머무른 채 논란은 여전한 상황입니다. 이 드라마에서 뿐만 아니라 실제로도 부양료 청구 소송(불효 소송)은 해마다 늘어나는 추세입니다. 하지만 안타깝게도 소송을 제기한 부모가 이기기는커녕 거의 패소하는 게 현실입니다. 2020년 98세 아버지가 셋째 아들을 상대로 부양의 의무를 다하지 않았다며 20년 전 증여한 선산을 돌려받으려고 제기한 민사 소송에서 패소한 경우처럼, 불효자 방지법은 자식이 부모 재산을 받고 효도나 부양을 하지 않은 채 '먹튀'하는 것을 막기 위한 것인데, 입법이 되기까지의 과정이 그리 쉽지만은 않습니다.

한편 2021년 법무부가 사전에 상속 재산을 회수할 수 있는 방안과 가능성, 여파 등을 종합적으로 논의키로 하면서 이를 둘러싼 법적 공방은 더욱 치열해질 것으로 예상됩니다. 유럽 국가들은 우리보다 앞서 이 제도를 도입했습니다. 독일 민법 제530조는 "증여자에게 중대한 배은 행위를 저질러 비난을 받을 경우 증여를 철회할 수 있다"고, 프랑스 민법 제953조도 "증여를 받은 자가 학대·모욕 범죄를 저지르거나 부양을 거절하는 경우 증여 철회가 가능하다"고 규정하고 있습니다.

은혜는 빨리, 원수는 아주 느리게

고마움은 시간이 지날수록 급속도로 옅어지고 희미해지다가 사라지기 마련입니다. '뭐, 그까짓 것쯤이야!' 하고 가벼이 생각하거나, '그 정도는 당연한 거 아니냐' 하며 처음 마음을 눙치기도 합니다. 이런 경우, 변명할 구실을 찾느니 잊어버리기 전에 빨리 되돌려주어야 합니다. 물질이 여의치 않으면 말로라도 반드시 고마움을 전하는 것이 좋습니다.

대신에 원수는 최대한 천천히, 시간을 끌어야 합니다. 당시에는 분하고 마음속에서 화가 치밀겠지만, 3초 심호흡, 3분 명상, 30분 산책, 이렇게 3시간, 3일이 원수 갚을 일을 늦춰 줍니다. 그러다 보면 태산만큼 억울했던 마음속 감정도, 밤새 바늘로 찌르던 두통도 어느덧 잦아들고, 큰 문제가 사소한 일로 줄어들기도 합니다. 원수를 갚는다는 것은 '피 묻은 칼을 피로 씻어내는' 것과 매한가지입니다. 피는 맑은 물로 씻어야 깨끗해지듯 원수를 갚으려는 마음은 자연스레 사라지도록, 원수가 누구였는지 떠오르지도 않을 만큼 나를 정화해야 잊혀집니다.

은혜와 원수는 한 끗 차이

후한을 세운 광무제 유수(劉秀)가 왕망(王莽)을 무찌른 뒤, 왕망이 살던 궁에서 편지 한 뭉텅이를 발견했습니다. 각 군현의 관원과 지방 유지들이 왕망과 주고받은 편지에는 왕망을 칭송하고 유수를 헐뜯는 내용이 대부분이었습니다. 바로 살생부나 마찬가지였습니다. 하지만 유수는 관원과 호족들을 불러놓고, 그들이 보는 앞에서 편지를 불살랐습니다. 이를 '분소밀신(焚燒密信)'이라 부릅니다. 그 이유를 묻는 막료에게는 과거의 은혜와 원한을 문제 삼지 않겠다는 의지를 보여주려고 불살랐다고 답했습니다. 광무제의 도량은 앞으로 적이 될 수도 있었던 이들을 감복시킬 만큼 넓었나 봅니다.

《채근담(菜根譚)》 전집(前集) 136장을 보면 "은혜와 원수는 지나치게 밝혀서는 안 된다. 그러면 사람들이 두 마음을 품어 배반하게 된다(恩仇不可太明 明則人起携貳之志)"는 구절이 있습니다. 그리고 같은 책 108장에는 원수와 은혜의 본질과 대처법이 다음과 같이 제시되어 있습니다.

원망은 덕으로 인하여 나타나니
남들이 나에게 덕이 있다고 여기게 하기보다는
덕과 원망 모두 잊게 하느니만 못하고,
원수는 은혜로부터 생겨나니

남들이 나의 은혜를 알게 하기보다는

은혜와 원수를 모두 없게 하느니만 못하다.

(怨因德彰 故使人德我 不若德怨之兩忘

仇因恩立 故使人知恩 不若恩仇之俱泯)

―《채근담》 전집 108장

　은혜와 원수는 마주 댄 양 손바닥처럼 딱 붙어 있습니다. 우리는 매우 친밀하고 소중한 사람에게 은혜와 덕을 베풉니다. 그런데 그 덕이나 은혜를 몰라주거나 그에 대한 대가를 받지 못한다고 생각하면, 억울함이나 원망이 생겨서 오히려 원수가 되거나 척을 지는 경우가 많습니다. 부모가 자식에게 불효 소송을 하는 것도 인정과 보상을 받지 못했다고 여겼기 때문이 아닐까요. 내가 베푼 은혜와 덕에 값을 쳐서 돌려받으려는 셈법 때문에 사랑하는 가족, 친구와 원수가 되시렵니까. 아니면 줬다는 것조차 잊고 다정하게 지내시렵니까.

　《명심보감》 '계선(繼善) 편'을 보면 "사람들에게 은혜와 의리를 널리 베풀어라. 사람이 살다 보면 어느 곳에서든 서로 만나지 않겠는가. 사람들과 원수와 원한을 맺지 마라. 길이 좁은 곳에서 만난다면 회피하기 어렵다"는 구절이 나옵니다. 나를 도와주는 사람을 주변에 둘지, 나를 해치고 망하게 하려는 사람을 곁에 둘지 답은 참 명확하고 쉬운데 실천하기는 무척 어렵습니다. 우리가 몰라서 못하는 게 아니라 알면서 못하는 게 더 큰 어리석음이지 싶습니다. 저부터도 그렇습니다.

다음은 필자가 첫 책《혼자 술 마시는 여자》에 쓴 삶의 셈법에 대한
시입니다.

하늘 셈법

삶은
가까이 보면

공정하지 않고
부당하고
억울한 일투성입니다.

하지만
멀리서 보면
겨울이 가면 봄이 오듯이

지극히
자연스럽고
당연하고
빈틈없이 공정합니다.

언제 단 한 번이라도

봄이 가고 겨울이 온 적이 있던가요.

가을이 가고 여름이 온 적이 있던가요.

더하기 빼기는

짧은 순간엔 맞는 듯 보입니다.

그래서

내가 밑졌으니

더 받아야 한다고 호소합니다.

하지만

하늘의 방정식은 그렇지 않습니다.

내가 당신보다 더 가지고

더 많이 누리는 게

얼마나 축복과 호사인 줄 모릅니다.

하늘 같은 가호로

보살핌을 받았는지 느끼지 못합니다.

내가 저지른 큰 잘못이

아주 조그만 손해로 청구되었음을

미처 깨닫지 못합니다.

내가 준 상처가
당신이 준 상처보다

훨씬 크고 깊었음을
너무 뒤늦게 받아들입니다.

그래서
오늘도 이만하기 다행입니다.

2. 우리를 욱하게 하는 것들

우리를 욱하게 하는 것들

내 자식은 취업이 안 돼 애가 타는데 대기업에 취직했다는 둥, 의사 며느리를 봤다는 둥 묻지도 않은 자기 새끼 자랑하는 동창 녀석이 나를 욱하게 한다. 심지어 자랑질하면서 술값도 밥값도 안 내니 더욱 욱한다.

좋은 대학 졸업시켜놨더니 일할 궁리는 안 하고 독립은커녕 내 연금 타먹으며 같이 살겠다는 딸이 나를 욱하게 한다.

'삼식이' 노릇도 징글징글한데 비만 오면 술 한 잔 걸칠 생각에 부침개 부치라고 독촉하는 남편이 나를 욱하게 한다.

육십 평생 뼈 빠지게 일하고 은퇴했더니 내가 번 돈으로 호의호식하는 처자식이 나를 욱하게 한다.

내 얘기에 집중하지 않고 휴대폰만 만지작거리는 친구가 나를 욱하게 한다. 무시당한 것 같아 속에서 천불이 난다.

화장실 휴지가 떨어졌는데, 다음 사람 생각도 안 하고 근처에 있는 새 휴지 갈아 끼우지 않고 나간 앞사람이 나를 욱하게 한다.

안톤 슈낙(Anton Schnack)은 '우리를 슬프게 하는 것들'이란 수필을 썼습니다. 그래서 필자는 '우리를 욱하게 하는 것들'을 한 번 써봤습니다.

욱하는 마음 다스리는 법

옛날 어느 인디언 추장이 손주에게 말했습니다.

"얘야, 우리 마음 안에는 두 마리 늑대가 살고 있단다. 한 마리는 하얀 늑대로 용기, 희망, 자신감, 신념, 확신 등을 먹고살지. 또 한 마리는 까만 늑대로 분노, 좌절, 공포, 짜증 등을 먹고살아."

그러자 어린 손주가 "그럼 두 늑대가 싸우면 누가 이기나요?"라고 물었습니다.

할아버지 추장은 이렇게 대답했습니다.

"네가 먹이를 주는 쪽이 이긴단다."

하루에도 몇 번씩 욱하고 화내는 이놈의 성질머리를 고치고 싶은데 좋은 방법이 없냐는 75세 사례자의 질문에, 법륜스님은 '즉문즉설'이라는 유튜브 채널을 통해 그 성질 고치지 말고 그냥 살라고 답했습니다. 그래도 꼭 고치고 싶다는 애원에 스님은 주저하다 비방 두 가지를 알려주었습니다. 하나는 바로 전기충격기를 사서 욱하고 화가 치밀어오를 때마다 몸에 갖다 대는 것입니다. 죽었다 깨어나지 않으면 그 오랜 습관 고치지 못한다고 하면서요. 다른 한 가지는 화가 날 때마다 3,000번 절을 하는 것입니다. 당신이라면 어떤 선택을 하겠습니까?

화의 원인과 실체

화는 보통 상식을 넘어선 말이나 행동, 경우에 맞지 않은 행위를 할 때 일어납니다. 인간이라면 지켜야 할 마땅한 도리를 하지 않았을 때도 화가 솟구칩니다. 그렇다면 상식이나 경우, 도리는 누구의 기준일까요? 사람마다 시대마다 상황마다 기준이 달라 갈등이 생기고 화가 납니다. 내 기준과 기대치를 상대가 충족하지 못할 때, 내가 원하는 대로 상대가 해주지 않을 때, 우리는 욱하고, 화내고, 분노합니다. 상대에게 묻지도 않고 나 혼자 세워놓은 기준과 기대를 요구합니다. 또 자신은 바꾸기 싫으면서 상대만 바꾸려고 합니다. 내 영역만 소중하고, 상대 영역은 무단 침입하려 합니다. 친구와 친척, 이웃과 비교하고 저울질당할 때에도 욱합니다.

그렇다면 화는 실체가 있을까요? 화는 실체가 따로 없다고 합니다. 도로에서 앞차가 신호 없이 끼어들 때, 어떤 사람은 차를 세워 몽둥이로 상대 운전자를 때리거나 차량을 부수는가 하면, 어떤 사람은 '많이 급한가 보네' 하고 대수롭지 않게 여깁니다. 똑같은 상황, 똑같은 사람, 똑같은 말인데, 누구는 격분하고, 누구는 그럴 수도 있지 하고 그냥 넘깁니다.

화는 오로지 내가 만들어내는 것입니다. 그 말은 내가 화를 만들지 않을 수도 있다는 뜻입니다. 그렇다면 화가 났을 때 화내지 않고 꾹 참는 것은 좋은 것일까요? 가족이나 친구, 곁에 있는 사람에게 피해를 주지 않았으니까 잘한 일이라고 생각하는 경우가 많습니다. 하지만 화를 참는 것은 화를 내는 것과 똑같은 에너지를 필요로 합니다. 그 독기(毒氣)와 살기(殺氣)가 내 안에 고스란히 남아 있다가 언젠가는 남에게 폭발하는 경우가 많기 때문에 참기보다는 잘 달래야 합니다.

화는 주인이 아닙니다. 내가 반쯤 미쳐 있는 상태입니다. 제정신이 아니란 말입니다. 화는 손님, 객식구입니다. 손님은 잘 대접하고 고이 보내야 하듯, '객기(客氣)'인 화도 잘 달래고 풀어줘서 보내야 합니다. 손님을 보내고 '정기(精氣)'인 나 자신으로 돌아와 주인 노릇을 해야 합니다.

화는 캔에 든 콜라와 같습니다. 당장의 조갈(燥渴)은 해소하겠지만, 좀 있으면 또 목이 마릅니다. 쏟으면 얼룩이 지고, 흔들면 폭발합니다. 정기는 맑은 물과 같습니다. 갈증 해소는 물론 쏟아도 흔적이 남지 않습니다. 화를 잘 다스리지 못하면 우리는 마음의 주인이 아니라 화의 노예가 될 수 있습니다. 화가 내 마음의 주인 행세를 하게끔 내버려두어서는 안 되지 않을까요.

울화병 처방전

욱하고 성내고 화내는 게 잦고 깊어지면 화병(火病)이 되기 쉽습니다. 한의학에서 울화병(鬱火病)으로 불리는 화병은 한때 미국정신과협회에서 'Hwa-byung'이라는 이름으로 등재한 적이 있을 정도로 유명세를 치르기도 했습니다. 《동의보감(東醫寶鑑)》 '잡병(雜病) 편' 화문(火門)에 '화를 조절하는 방법(制火有方)'으로 마음을 바르게 하고 마음을 가다듬고 마음을 기르라고 강조한 것은, 화가 함부로 동하고 날뛰는 것을 막는 근본적인 처방이기 때문입니다. 화가 동하는 것은 마음에 그 원인이 있기에 마음을 안정시키는 것이 바로 화라는 불길을 끄는 방책이라는 것입니다. 그럴 때는 다음과 같이 '화 일기 쓰기'로 그 어렵다는 마음을 다스려보는 것은 어떨까요.

화 일기1

저는 이혼하고 혼자가 된 뒤 오빠 집에 같이 사는데, 친정엄마가 밤 10시에 시작하는 '미스터 트롯'을 보시는 거예요. 조카들 숙제하고 독서하는 시간을 방해하는 것 같아 올케언니 눈치가 보여서 화가 났어요. 아이들이 실제 공부하는 시간대도 아니었는데, 갑자기 버럭 화가 치밀어 엄마한테 막해댔어요.

저도 기분이 썩 좋지 않았지만, 곰곰 생각해보니 제가 엄마의 여가와 즐거움에 대해 인정도 이해도 못하고 있다는 것을 느꼈어요. 드라마 보는 것은 죄악이고, 성경 읽기만 바람직한 행위라는 이분법에 갇혀 있었던 것 같아요. 드라마를 통해서든 대중가요를 통해서든 종교적 깨달음을 통해서든 삶의 여유와 행복을 찾을 수 있다는 걸 인정해야 하는데 말입니다. 또 내가 엄마 인생에 개입했네요. 함부로 단죄하고 평가하기를 일삼고, 엄마만의 즐거움에 대해 무시하고 모른 체하면서요.

엄마의 사생활과 삶의 즐거움을 있는 그대로 인정하고, 내 기준으로 엄마의 삶을 좌지우지하지 않고 판단하지 말아야겠습니다. 올케 눈치라는 핑곗거리를 내세울 게 아니라 엄마는 엄마대로, 조카는 조카대로 지켜보며 간섭하지 말아야겠습니다.

이것은 몇 년 전 필자의 분노 조절 수업에서 있었던 한 수강생의 화 일기 사례입니다. 화 일기를 쓰면서 화난 자신을 바라보고 왜 화가 났을까 스스로 분석하다 보면, 나와 상대방을 조금은 더 이해하고 인정하게 됩니다. 마치 유체이탈(遺體離脫)하듯이 내 몸에서 영혼이 빠져나가 자신을 객관적으로, 타인의 시선으로 바라보는 훈련을 하는 셈입니다.

또 다른 분의 화 일기 사례를 한번 보도록 하겠습니다. 이 분은 도대체 무엇 때문에 화가 났을까요?

화 일기2

많이 베풀어도 고마움을 모르는 시동생과 동서 때문에 화가 납니다. 그런데 내가 왜 이렇게 분노가 치밀까 생각해봤습니다.

'난 왜 꼭 고맙다는 말을 들어야 하지? 내가 뭔가 대가나 보상을 바란 것은 아닐까? 시동생네 살아가는 모습과 내 모습을 끊임없이 비교하면서 괴로워하는구나.'

지금 형편이 많이 여유로워졌는데도 나는 자신을 위해 돈을 쓰지 못하는 반면, 시동생네와 시어머니는 내가 베푼 돈으로 호의호식하는 것 같아 못마땅해 하고 있었네요. 그들이 살아가는 방식은 내가 간섭할 영역이 아닌데, 자꾸 내 잣대로만 평가했기 때문인 것 같습니다. 내가 원해서 베풀었으면서도 고맙다는 말이나 보상을 바라고 있었다는 것을 알게 됐습니다.

이러한 사례는 실제로 우리 주변에서 비근하게 일어납니다. 다행히 당사자는 자신이 화가 났다는 것을 얼른 알아차렸고, 자기 마음을 잘 들여다봄으로써 시댁 식구들을 이해하게 된 거죠. 어떠신가요? 화 일기, 당신도 한 번 써보지 않으실래요?

국수 삶기에서 배우는 분노 조절

분노, 화는 글자 그대로 불같은 감정입니다. 불이 타는 듯, 폭발할 듯 끓어오르는 감정을 어떻게 다루어야 할까요. 분노 조절에는 두 가지 등급, 고수와 중수의 처방이 있습니다. 국수 삶을 때 물이 끓어 넘치면 어떻게 하나요? 바로 옆에 둔 찬물을 한 사발 붓습니다. 그것도 잠시, 금방 또 끓어오릅니다. 다시 찬물을 붓고 이렇게 세 번쯤은 해야 국수가 쫄깃하니 맛나게 삶아집니다. 내 안의 화도 같지 않을까요. 나만의 찬물이 필요합니다. 심호흡, 1부터 10까지 세기, 산책, 무엇이든 좋습니다.

찬물 처방이 중수라면 끓어 넘치지 않게 국수를 삶는 사람이 바로 고수입니다. 찬물도 필요 없습니다. 그저 크고 깊고 넓은 그릇만 있으면 됩니다. 냄비만 큰 걸로 바꿨을 뿐인데 그 안에서 펄펄 끓든 말든 절대 넘치지 않습니다. 필자가 직접 실험해봤으니 믿으셔도 됩니다. 화도 마찬가지입니다. 찬물 없이도 내 마음 그릇을 키우면 화를 줄이고 분노를 조절할 수 있습니다.

분노 조절의 최종 목표

해와 달은 서로를 비교하는 법이 없습니다. 단지 자신의 시간대에서 빛날 뿐입니다. 타인의 삶과 비교하지 말아야 합니다. 사람마다 제 노릇만 그저 할 뿐 비난하거나 평가할 필요가 없습니다. 비교하지 않고, 지나치게 기대하지 않고, 남의 영역을 침범하지 않으면 화가 훨씬 덜 납니다. 나아가 상대를 대할 때 거리낌이 없고 거스름이 없고 막힘이 없는 상태, 화를 안 내는 것이 아니라 진정 화가 안 나는 단계가 분노 조절의 최종 목표라고 할 수 있습니다.

남이 하는 말이나 행동이 하나도 눈에 거슬리지 않는다면 얼마나 평화로울까요. 거창하거나 어렵지 않게 안정과 평화를 얻을 수 있습니다. 당신도 같이 해보세요.

- "그렇겠네", "그랬구나" 맞장구치면서 있는 그대로 들어줍니다.
- "그러니까 내 말이" 고개를 끄덕이며 공감합니다.
- 말을 끊지 않고 "그래서 어떻게 됐는데?" 궁금해 하며 충분히 말하게 합니다.

3. 부부 관계를 살리는 말과 죽이는 말

#장면1. 자동차 안: 그러니까 남편이지

모처럼 교외 드라이브에 나선 어느 부부. 조수석에 앉은 아내가 이야기를 시작합니다.

"며칠 전 ○○○ 교수가 쓴 글 봤어요? 그동안 참 좋은 사람인 줄 알았는데, 이번 글은 좀 실망이네요. 균형감을 잃었고, 너무 부분적으로 알고 섣불리 판단한 것 같아요. 팔로워 많다고 자랑하는 것도 좀 그렇고….."

"그래? 나도 그 글 잠깐 봤는데, 전혀 그렇게 생각되지 않던데. 그리고 한 번 정도 갖고 실망하고, 성급해 보이네. 그분이 얼마나 괜찮은 사람인데."

이렇게 시작된 논쟁에 점점 불이 붙습니다. 말을 할수록 아니꼬워진 아내는 그 사람의 안 좋은 점만 들추려 애씁니다. 상대가 여자 교수라 더 기분이 나빠진 건 두말하면 입 아플 정도입니다.

"아니, 당신은 그 여자 책 한 권도 안 읽고 일면식도 없으면서 평생 같이 산 나보다 그 여자 편을 들어요? 그렇게 잘 알아요?"

급기야 감정싸움으로 번지고 맙니다. 외출을 망치고 집에 돌아와 생각할

수록 분이 풀리지 않는 아내. 왜 내 편을 안 드느냐고 실컷 따지고 싶은데, 치사해서 참으려니 속이 말이 아닙니다. 흥! 그러니까 남의 편, 남편이라고 그러는 거지!

#장면2. 형광등을 가는 참 딱한 내 편

화장실 등이 나가자 평소와 달리 자기가 갈아주겠다고 큰소리치는 남편. 요즘 전등은 가는 방식이 까다로워 해보지 않으면 헤매기 십상입니다. 이렇게 해봐도 저렇게 해봐도 뚜껑조차 열리지 않아 땀을 뻘뻘 흘리는 남편. 팔짱을 끼고 옆에서 얼마나 잘하나 지켜보던 아내가 참다못해 "이리 주고 그만 의자에서 내려와요!"라고 합니다.

희한하게도 째가 빠지게 돈 벌어다주는 남편은 밉고, 허구한 날 돈 갖다 쓰는 자식새끼는 예쁜 법입니다. 퇴직한 남편이 은행 일, 살림살이 물을라치면 "그것도 못 하냐", "그것도 모르냐"며 통박에 구박을 얹어 핀잔하기 일쑤입니다. 반면 자식이 세상 물정, 시시콜콜 온갖 문제 물어보면 세상 친절하고 다정하게 대답하는 우리 아내들. 도대체 왜 이러는 걸까요?

#장면3. 부부 동반 모임

"닥쳐" 하고 앞자리에 마주 앉은 부부 중 아내가 남편한테 큰소리를 냅니다. 순간 좌중이 고요해지고, 나머지 부부들은 놀라서 서로의 얼굴을 쳐다봅니다. 남편이 한 얘기가 가당치 않다고 그랬다는데, 남들 앞에서 그 정도로 모욕을 주는 아내가 집에서는 얼마나 남편을 잡을지 안 봐도 뻔

합니다. 심지어 70대 부부로 이뤄진 친목 모임에서 그랬다는 게 믿기지 않을 지경입니다.

깜짝 놀라셨나요? 아니, 우리 부부 얘기를 어떻게 알았냐고요? 이 세 장면은 주변에서 직접 겪거나 흔히 들을 수 있는 이야기입니다.

님 놈 남 : 님이 남이 되는 순간

1992년 세상에 나온 이 노래, 가사를 살펴볼까요?

도로 남

남이라는 글자에 점 하나를 지우고
님이 되어 만난 사람도
님이라는 글자에 점 하나만 찍으면
도로 남이 되는 장난 같은 인생사
가슴 아픈 사연에 울고 있는 사람도
복에 겨워 웃는 사람도
점 하나에 울고 웃는다
점 하나에 울고 웃는다 아 인생

(후략)

정곡을 찌르는 노랫말이 매우 인상적입니다. 그러나 '도로 남'이 되려면 그 사이에 '놈'이 되는 과정을 거칠 때가 많습니다. 요즘 일반인 부부들이 겪는 실제 갈등을 날것 그대로 보여주는 TV 프로그램이 화제입니다. 출연한 사람들의 연령대에 관계없이 공통점을 발견하게 됩니다. 가장 눈에 띄는 것이 바로 말입니다. 서로를 부르는 말, 특히 아내가 남편을 부르는 말에 화들짝 놀랍니다. '야', '너'는 다반사고 말 끝마다 'X새끼', 'XX새끼'가 따라다닙니다. 심지어 자녀 앞에서도 거리낌없이 말합니다. 말이 짧아지면 마음도 짧아지고, 몸도 상처로 골병들게 마련입니다.

살리는 말, 죽이는 말

우리는 말로 자기 생각이나 감정을 표현하고, 서로 나눕니다. 말이 없는 부부도 문자메시지는 주고받습니다. 말, 글, 언어를 떠나서 소통하기 어려운 세상에 살고 있습니다. 가족과 친구처럼 가까운 사이일수록 말이 가진 힘은 큽니다.

"체는 칠수록 고와지고, 말은 할수록 거칠어진다", "말이 씨가 된다", "가는 말이 고와야 오는 말이 곱다", "말 한마디로 천 냥 빚을 갚는다" 등 말에 대한 속담이 참 많습니다. 말 한마디가 사람을 살리기도 하고, 죽이기도 합니다. 법정에서 증언 한마디가 무죄 판결을 끌어낼 수 있는 것처럼 말입니다.

남편이나 아내가 무심코 내뱉은 말 한마디를 내 마음 밭에 뿌리면 어떻게 될까요? 그 사람이 던진 말을 그냥 흘려보내면 큰 사달이 나지 않을 것입니다. 하지만 그 말을 내 마음 밭에 툭 떨어뜨려 씨를 뿌리는 순간, 그 말에 뿌리가 생기고 줄기가 뻗어나가고 잎이 생기고 결국 열매를 맺게 됩니다. 이 얼마나 두려운 일인가요?

그러니 누가 나쁜 말을 하더라도 우리 마음 밭에 뿌리지 않았으면 좋겠습니다. 나쁜 말이 자란 가시덩굴에 긁히고 찔리지 않도록 아예 마음 밭에 들이지 않는 연습을 해야 합니다. 나를 지키고, 남도 지키기 위해서 말입니다. 남의 편을 진실한 내 편으로 만들어 서로 지키고 살리는 지름길은 없을까요?

말 한마디, 언덕(言德)

나를 살리고 남도 살리는 비법은 바로 말에 덕(德)을 붙이는 것입니다. 덕 중에서 가장 큰 덕이 바로 '언덕(言德)'입니다. 덕을 베풀려면 보통 물질이나 자원이 필요하다고 생각하는데, 돈 한 푼 안 드는 게 이 언덕입니다. 또 누구나 손쉽게 할 수 있습니다. 말에 덕을 붙이면 그 사람도 잘되고, 그 말을 하는 나도 덩달아 잘됩니다. 덕과 득이 되는 말이 있고, 독이 되는 말이 있습니다.

덕(德)이라는 글자는 누군가를 도와 혜택을 받게 한다는 뜻을 갖고 있습니다. 득(得)도 마찬가지로 화폐를 손에 쥐고 있는 모습, 즉 재물을 획득한 모습을 뜻합니다. 덕과 득은 비슷한 의미를 지닙니다. 말에 덕을 붙이는 것은 바로 그 사람을 잘되게 하는 것, 이익을 주는 것입니다.

언덕(言德)은 덕담(德談)과 일맥상통합니다. 남 잘되기를 비는 것이 덕담이니까요. 생판 남을 만나서 님이 될지, 놈이 될지, 또 무심결에 던진 한마디 말이 덕과 득이 될지 아니면 독이 될지는 오로지 우리 자신에게 달려 있습니다. 말의 주인이 바로 우리 자신이니까요.

무조건 내 편, 있습니까?

남편 얘기가 나올 때마다 번번이 소환되는 연기자 최수종 씨. 우주 최강 '아내바라기', 일등 남편으로 등극한 뒤 한 번도 왕좌를 내주지 않은 이 남자. 아내 하희라 씨가 14년 만에 연극 무대에 서며 "내가 잘할 수 있을까" 걱정하자, "지금까지 잘해 왔고, 앞으로도 잘할 거고, 마지막 그 순간까지 정말 잘해낼 겁니다"라며 처음부터 끝까지 자기가 항상 옆에서 지켜보며 함께할 거라고 사랑을 다짐하며 약속합니다. 예전에는 그런 표현이 방송용 가식이나 위선이 아닐까 삐딱한 시선도 없지 않았는데, 이제는 그 진심이 사무치도록 감동을 줍니다.

친정에 갈 때면 아버지는 "식사 뒤 커피 한잔 해야지" 하시며 믹스 커피 봉지를 따십니다. 그걸로 부족한지 달디단 커피에 꿀을 듬뿍 넣어주십니다. 꿀 같은 아버지 사랑에 온몸과 마음이 따뜻해집니다. 무조건 언제나 든든한 내 편 1호입니다. 그렇다면 남편은 내 편 몇 호일까요?

내가 혹 잘못된 판단을 해도, 내가 한쪽 얘기만 듣고 흥분해 길길이 뛸 때도, 내가 어처구니없는 고집을 피워도, "당신 말이 맞아! 당신이 잘했어!", "누가 감히 우리 여보를 화나게 했어? 다 죽었어!"라고 해줄 수 있는 사람이 적어도 한 명은 꼭 필요합니다. 만약 없다면 당신이 먼저 무조건 그의 편이 되어주면 어떨까요. 남편을 떠올리며 썼던 제 글 한 편을 대신 올립니다. 그동안 제 편에서 마음 다해 응원해주셔서 정말 고맙습니다. 저도 무조건 당신 편입니다.

내 편

무조건 나를 믿어주는 사람
헤맬 때도 기다려주는 사람

때로 속여도 넘어가는 사람
미워도 예쁘다 해주는 사람

야속해도 허허 넘기는 사람
실수조차도 묻지 않는 사람

허물 모른 척 덮어주는 사람

종종 가슴 아픈 말 하는 사람

최고라고 추켜세우는 사람

훌륭하다고 말해주는 사람

귀신같이 우울함 아는 사람

딱 그때 술 한잔 권하는 사람

난 그런 사람이 좋더라

4. 자신을 덜 미워하는 방법

엄마로, 때로는 아내, 며느리, 딸, 강사로 상황에 따라 한바탕 역할극을 해내야 하는 필자에게 가면(Persona)은 어쩌면 반드시 필요할지도 모르겠습니다. 우리가 역할에 맞는 가면을 쓰는 것은 가정, 학교, 직장 등 크고 작은 집단에 적응하기 위해 자신의 좋은 점을 드러내고 나쁜 점을 감추려는 지극히 당연하고 본능적인 행위이기도 합니다.

희비쌍곡선 롤러코스터 인생

글쓰기는 필자가 제일 좋아하는 일입니다. 두 번째로 좋아하는 일은 강의입니다. 필자에게 가장 고통스러운 일은 글쓰기입니다. 강의는 두 번째로 고통스러운 일입니다. 이 무슨 장난이며 조화란 말입니까. 저만 이런 걸까요? 똑같은 일이 어떨 땐 정말 행복하고, 어떨 땐 너무 고통스러워 도망치고 싶고 당장 그만두고 싶으니 말입니다. 어느 힙합 뮤지션은 "음악은 행복이자 깊은 고통"이라고 노래했습니다. 행복과 고통은 둘이 아닌 하나라 앞뒤로 딱 붙어 있나 봅니다. 희비쌍

곡선을 그리며 당신도 하루하루 지내시나요?

필자는 막대기처럼 뻣뻣한 몸이라 춤과는 거리가 멉니다. 그럼에도 자칭 춤꾼입니다. 30년이 넘도록 주부로서 싱크대를 점령하고 있는 망나니이기 때문입니다. 망나니가 술 뿜어내고 칼춤 추듯, 저도 도마 위에서 바다며 뭍에서 포획한 먹잇감 대가리 치고 몸통 자르며 식구들 위해 칼춤을 추니까요.

살리기 위해 죽이는 역설, 이게 어쩌면 삶의 양면성 아닐까요. 먹이기도 하고 죽이기도 하는 거잖아요. 죽여서 먹이기도 하고요. 쓱싹쓱싹! 탕탕탕탕! 칼자루 쥐고 김치 썰고, 양파 다지고, 오징어 저미다가 혹 원망 한 줄기 툭 터져 나오면 칼끝에 살기 실려 손톱이 썰려나갈 때도 있습니다. 싱크대 앞에서 칼춤 추다 나쁜 생각 못하도록 마음 단속해주는 하늘의 보살핌 아닌가 싶습니다.

모든 것은 양면성을 지녔다

자기 내면에 억눌렀던 추악함과 잔인함을 가감 없이 표출하면 어떤 일이 벌어질까요. 1886년 로버트 루이스 스티븐슨이 발표한 단편소설 《지킬 박사와 하이드》에서 학식과 덕망이 높아 존경받던 지킬 박사는 쾌락을 탐하는 욕망을 억누르며 두 개의 본성 사이에서 고민하다 선과 악을 분리해내는 약물을 만듭니다. 지킬 박사로서 품위에 흠집을 내지 않고도 하이드로 변신해 깊숙이 눌러놨던 쾌락을 만끽합니다. 하지만 약을 마시지 않아도 지킬 박사가 계속 하이드로 변신하면서 본성의 균형이 깨지고 내면이 악으로 차올라 돌이킬 수 없는 지경에 이르자, 결국 청산가리를 마시고 자살하고 맙니다.

500원짜리 동전을 한 번 볼까요? 어느 쪽이 앞면인가요? 필자도 갑자기 헷갈리네요. 하여튼 한쪽에 학이 그려져 있고, 다른 면에 숫자 500이 새겨져 있습니다. 또 하나 볼까요. 1,000원짜리 지폐 앞면엔 퇴계 이황 초상이 있고, 뒷면을 보면 겸재 정선이 그린 '계상정거도(溪上靜居圖)'가 있습니다. 막연히 선생이 후학을 가르치던 도산서원이라 생각할 수 있지만, 완락재라는 작은 정자에 앉아서 조용히 '주자서절요서(朱子書節要序)'를 집필하는 퇴계의 모습을 그려놓았다고 합니다.

어느 날 돼지저금통에서 동전을 꺼내 은행에 입금하려는데, 동전 하나가 앞면도 학이고, 뒷면도 학이지 뭡니까. 또 어느 날은 편의점에서 거스름돈을 받았는데, 앞면도 퇴계 이황 얼굴이고 뒷면도 똑같다면 어떤 일이 벌어질까요. 그 동전과 지폐는 돈 구실을 할까요? 500원과 1,000원이라는 돈값을 치를 수 있을까요? 물건을 살 수 있는 교환이라는 값어치를 전혀 할 수 없게 됩니다.

둘이면서도 하나인, 하나면서도 둘인

손바닥이 있고 손등이 있는데, 우리는 이 두 면을 합쳐 '손'이라고 부릅니다. 양면이 손바닥만 있거나 손등만 있는 사람은 없습니다. 어차피 하나인데, 경우에 따라 둘로 구분해 부를 뿐입니다. 우리 삶, 사건, 사람도 흡사합니다. 양면이 있어야 제값, 제 역할을 합니다. 음이 있으면 양이 있고, 햇빛이 있으면 그림자가 있고, 양지가 있으면 음지가 있습니다. 건전지도 한 몸에 플러스(+)와 마이너스(-)가 있습니다. 두 극성이 같이 있어야 전기 에너지가 생깁니다. 감정에도 애증(愛憎)이 함께 합니다. 마치 동전의 양면처럼 하나로 맞붙어 있습니다. 햇빛은 좋기만 하고, 어둠은 나쁘기만 한 것일까요? 양(陽)은 선(善)이고, 음(陰)은 악(惡)일까요?

우리는 속내를 곧이곧대로 말하는 것이 상대를 비방하는 게 될 경우, 정말 조심해야 합니다. 어떤 사람을 평가하면서 "그 사람은 참 표리부동(表裏不同)해. 겉은 번지르르한데, 속은 아주 형편없어"라고 말할 때가 있습니다. 여기서 잠깐 이런 의문이 생깁니다. 속마음을 겉으로 곧장 드러내는 것이 과연 좋은 것이고, 올바른 것일까요?

평소에 시기하고 미워하던 사람을 만났는데, 그 앞에서 대놓고 "나는 당신의 이러저러한 면이 정말 밥맛없고, 가증스럽기 짝이 없어요. 어쩌면 그렇게 재수가 없는지. 당신이 잘 안 됐으면 정말 쌤통이겠네요."라고 얘기하는 것이 맞을까요? 싫어하는 내색을 감춘 채 "저번에 만든 그 상품은 정말 근사하던데요. 아이디어가 탁월하십니다. 저는 그쪽 따라가려면 한참 멀었어요. 하하하!"라고 한다고 해서 나쁜 사람일까요? 이런 경우 오히려 겉과 속이 다른 사람이 더 위험하고, 무례한 것은 아닐까요?

아수라 백작 같은 당신과 나

'우유부단(優柔不斷)'과 '심사숙고(深思熟考)'는 똑같은 사람을 어떻게 바라보느냐의 문제입니다. 어떤 한 사람을 놓고도 누구는 "참 깊이 있고 침착한 사람이야"라고 말하지만, 다른 누구는 "어째 사람이 결정 장애야, 뭐야. 판단을 못해"라고 하니까요. 한 사람, 한 사건을 놓고도 어떻게 바라보느냐에 따라 이렇게 상반된 입장에 놓입니다.

말수가 적고 신중을 기하는 면이 좋아서, 또 남들 앞에서 나대지 않고 잘난 척하지 않는 게 좋아서 그 남자랑 결혼했다는 301호 신 여사. 결혼 30년차가 되도록 살다 보니 심사숙고하는 모습이 징글징글 싫어졌다고 합니다. 우유부단하고 임기응변도 제대로 못하는, 융통성이라고는 1도 없는 꽉 막힌 남자라는 겁니다. 처세도 젬병인데다 상황 판단 능력도 느려 터진 한참 못난 남자로 보인다나요. 선택이나 결단을 미루는 것도 그렇고요. 이처럼 내가 좋아서 선택했던 성격이나 특징, 외양이 때로는 싫어지곤 합니다.

인공지능(AI)의 양면성

도대체 양면성은 무엇일까요? 사전적 정의로 풀자면, '한 가지 사물에 속해 있는 서로 맞서는 두 가지 성질'을 양면성이라고 합니다. 풀이는 간단해 보이는데, 언뜻 와닿지 않습니다. 최근 화제인 '챗

GPT'라는 인공지능 오픈AI 시스템에게 같은 질문을 던졌습니다. 그랬더니 AI 가라사대 "인간의 양면성은 사람 안에 긍정적인 특성과 부정적인 특성이 공존하는 것을 말한다. 모든 개인은 선과 악, 빛과 어둠, 그리고 긍정적이고 부정적인 행동 모두에 대한 능력을 가지고 있다. 예를 들어 사람은 다른 사람들에게 친절하고 관대할 수도 있지만, 때로는 이기적이고 욕심이 많은 경향도 있다. 이것은 인간 본성의 근본적인 측면이며 관계, 감정, 의사결정 등 삶의 많은 측면에서 볼 수 있다"라고 합니다.

일반 사전이나 학문적 정의보다 인공지능이 훨씬 풍부하고 상세하게 개념을 설명하는 것 같아 놀랍고 고마운 마음이 생깁니다. 인공지능은 거기에 다음과 같이 덧붙이고 있습니다.

"이러한 특성은 문학, 철학, 종교의 공통 주제이며, 많은 사상가들에 의해 탐구되어 왔다. 그것은 인간의 복잡성과 그들이 일차원적이 아니라 오히려 긍정적인 특성과 부정적인 특성을 모두 수용할 수 있는 다면적이라는 사실을 강조한다. 인간 본성의 이러한 측면을 이해하는 것은 개인이 더 자각하고, 다른 사람들에 대한 연민과 공감을 개발하고, 더 균형 있고 조화로운 삶을 달성하기 위해 노력하는 데 도움이 될 수 있다."

이쯤 되면 작가나 학자나 기자처럼 글 쓰고 분석하는 직업에 인공지능이 위협적인 존재로 부상하는 것 아닌가 싶어 마냥 기쁘지만은 않습니다.

덜 미워하며 살아가려면

강의 말미에 필자는 칠판에 이렇게 쓴 적이 있습니다.

"모든 인간은 각기 존경스럽고, 각기 추악하다."

이 양면성을 어떻게 다스리고 잘 조절할지야말로 어쩌면 우리의 평생 숙제일지도 모릅니다. 내게 허물이 있더라도 그 허물이 반드시 나쁜 것만은 아닐 수도 있습니다. 우리 옛말에 "길고 짧은 것은 대봐야 안다"고 했듯이, 동전이나 건전지가 음양이 있고 앞뒤가 공존해야 가치가 있고 제 역할을 하는 것처럼, 사물도 사람도 그렇습니다. 숙명처럼 붙어 있을 수밖에 없다면 나만의 방식으로 균형과 조화를 찾아야 합니다. 잘하려고, 인정과 칭찬만 받으려고 안달복달할 필요가 없습니다. 언행이 일치하고 솔선수범해야 한다는 강박에 너무 주눅 들거나 위축될 필요도 없습니다.

자신을 사랑하는 것은 참 어렵습니다. 먼 나라 이야기로 들릴 때도 많습니다. 대신에 자신을 덜 미워하며 살아보면 좋겠습니다. 내 안의 허물, 추악함, 부끄러움을 너무 미워하지 마세요. 장점만 있는 사람은 없습니다. 단점만 있는 사람도 없습니다. 장단이 고루 있는 게 사람입니다. 그 장단을 조율하며 오늘은 굿거리로 신명 나게, 내일은 세마치로 사뿐사뿐 가볍게, 모레는 진양조로 느릿느릿 장단 맞추며 살아보세요.

5. 칭찬의 함정에 빠지지 않으려면

겉으로는 긍정적이고 좋은 말인데, 듣는 나는 기분이 썩 좋지 않을 때가 있습니다. 그 사람이 칭찬받았을 뿐인데, 옆에 있는 내가 언짢았을 때도 있습니다. 왜 이러는 걸까요? 심보가 못되고 밴댕이 소갈딱지마냥 그릇이 작아서 그런 걸까요?

칭찬이 아닌 것을 고르시오

다음 네 가지 상황에서 칭찬으로 볼 수 없는 것은 무엇인지 맞혀보세요.

#장면1. 식탁에서

고 여사는 어제 다녀온 읍내 오일장에서 코다리 한 코(네 마리)를 사와 바닥에 무를 깔고, 갖은양념으로 칼칼하고 시원한 코다리찜 저녁 밥상을 차렸습니다. 맛나게 드시던 바깥양반이 한마디하십니다.

"코다리가 물이 좋아 그런지 참 맛나네. 역시 음식은 재료가 중요해."

#장면2. 산악회 모임에서

격주로 정기 산행을 하는 ○○ 산악회에서 지난주에는 아차산을 올랐습니다. 오랜만에 얼굴을 비춘 여자 회원 김정미(가명) 씨. 회원 모두 무사히 하산한 뒤 막걸리 잔을 기울이며 안부를 주고받던 중, "와, 우리 정미 씨, 간만에 봐서 그런지 얼굴이 화사하니 찔레꽃보다 곱네요" 하며 산악회장이 반깁니다.

#장면3. 전화 통화

코로나 시국이 끝나고 처음 치르는 대규모 행사에 손님이 얼마나 올까 노심초사하며 밤낮없이 준비하고 확인에 확인을 거듭했던 이 부장에게 전화를 건 최 이사.

"행사 참 좋았어. 자네가 수고 많았지. 덕분에 내가 인사를 정말 많이 받았지 뭐야. 내가 많이 못 도와줘서 미안했네."

#장면4. 직장에서

"자, 우리 팀이 이번 달 매출 1위를 달리고 있습니다. 혁혁한 공을 세운 장선진(가명) 씨, 일어나 보세요. 다 같이 박수!"

마케팅1팀장은 기쁨에 겨운 목소리로 호명한 직원을 자리에서 일으켜 세웁니다.

공자도 어쩔 수 없었던 것

"人不知而不慍(인부지이불온) 不亦君子乎(불역군자호)."

《논어(論語)》의 첫 부분인 '학이(學而) 편'에 실려 있는 이 구절은 1970~80년대 한문 교과서에 나온 만큼 중년 이상 세대라면 익히 알고 있을 것입니다. 공자는 왜 배움의 즐거움을 이야기하다 이 말을 했을까요. 공자의 생애를 잠깐 살펴보면 단서를 찾을 수 있을 것입니다.

'인(仁)'이라는 개념을 처음으로 세상에 펼쳐 도덕과 인본주의를 근간으로 하는 유학(儒學)을 뿌리내린 공자(孔子). 그는 노(魯)나라에서 나고 자라 형조판서에 해당하는 대사구(大司寇)라는 벼슬을 살았으나, 실각(失脚)한 뒤 제자들을 이끌고 13년이라는 세월 동안 천하를 돌며 뜻을 같이 할 군주를 찾아다닙니다. 춘추시대 군웅이 할거하던 시절, 공자에게 무수한 질문 세례를 퍼부으며 심층면접, 때로는 압박면접을 일삼던 당시 제왕들. 그러나 정작 공자는 아무에게도 등용되지 못합니다. 스승인 공자 대신 공자학당 제자 가운데 괜찮은 인물을 추천해줄 수 없냐는 제안만 받았을 뿐입니다.

다시 앞 구절로 돌아가 풀이해보면, '남이 나를 알아주지 않아도 성내지 않으면 또한 군자가 아니겠는가'란 뜻입니다. 공자의 솔직한 면모를 볼 수 있는 장면이기도 합니다. 당신 제자 중에 마땅한 사람이 있으면 천거해달라는 주문을 들었을 때, 무려 3,000명에 이르는 제자를 거느렸던 공자 마음은 어땠을까요. 내가 이렇게 훌륭한 스승인데 나를 제치고 제자를 찾다니 참 얄궂다 싶고, 얼마나 속이 상했으면 그런 말을 남겼을까 싶습니다. 공자도 타인이 알아주고 칭찬하고 인정해주기를 그렇게 갈망했나 봅니다.

약이 되는 칭찬, 매를 버는 칭찬

이제 필자가 낸 문제의 답을 찾아볼 시간입니다. 네 가지 장면 가운데 칭찬이 아닌 경우는 몇 번일까요?

필자가 원하는 정답은 바로 1, 2, 4번입니다. 칭찬인 경우는 3번 전화 통화 단 하나이고, 나머지는 모두 진정한 의미에서 칭찬이 아닙니다. 고개를 갸우뚱하는 사람이 아마 많을 것입니다. 도통 납득할 수 없다는 표정을 짓고 있는 당신에게 찬찬히 설명해드리겠습니다.

코다리찜을 맛나게 드신 고 여사 남편은 무슨 잘못을 했을까요. 겉보기에는 분명 칭찬인데, 어째서 칭찬이 아니라는 걸까요. "코다리가 물이 좋아 맛나다, 음식은 역시 재료가 중요하다"는 말은 틀린 말도 아니고, 누구를 비난하는 말은 더더욱 아닌 듯 보입니다. 여기서 사실 자체는 중요하지 않습니다. 그 말을 들은 상대방 마음이 관건입니다. 고 여사는 남편 말에 버럭 소리를 질렀답니다.

"당신! 입은 비뚤어졌어도 말은 똑바로 해야지요. 코다리 물이 좋은 게 아니라 내 음식 솜씨가 좋은 거겠지요. 무슨 말을 그렇게 기분 나쁘게 하나요?"

1번 장면이 바로 매를 버는 칭찬입니다. 칭찬인 듯 칭찬 아닌 칭찬이랄까요. 여기서 칭찬이 약이 되려면 사람 자체를 칭찬해야 합니다. 칭찬의 대상이 물건이나 코다리가 되어서는 곤란합니다. "코다리야? 나야?"처럼 앞에 살아 있는 아내와 죽은 코다리를 비교하는 어리석음을 우리는 자주 저지릅니다. 사람 자체, 그 사람의 성품이나 능력, 솜씨, 마음씨, 맵시 등을 칭찬해야 듣는 사람이 진심으로 기쁘고 행복해합니다.

칭찬은 은밀히? 아니면 공개적으로?

앞선 질문 중 2번과 4번의 경우를 보겠습니다. 보통 산악회 같은 친목 모임이나 공적인 회의석상에서 공공연히 벌어지는 일로, 누구 한 사람을 지목해 용모가 아름답다거나 멋지다거나 찬사를 늘어놓기도 하고, 때로는 성과에 기여한 직원 한 사람을 호명해 박수를 유도하며 공개적으로 칭찬하는 경우가 많습니다. 하지만 이것을 한두 번에 그치지 않고 반복적으로 하게 되면 역효과가 납니다.

자녀에게 꾸중을 하거나 조언할 때, 따로 불러 은밀히 해야 한다는 데는 다들 동의할 것입니다. 남들 앞에서 혼나거나 비난받는 것은 굉장한 모욕을 주기 때문입니다. 칭찬 역시 남들 앞에서 할 경우, 당사자를 제외한 다른 사람들에게는 상처가 되고, 심하면 모멸감을 줍니다. 대놓고 형만 칭찬하고 예뻐한다면 동생 마음은 어떨지 상상해보시길 바랍니다.

배려를 빼먹은 헛된 칭찬

"얼굴이 화사하니 찔레꽃보다 곱네요"라는 말을 들은 산악회 여자 회원은 기분이 날아갈지 몰라도 그 자리에 함께 한 다른 여자 회원들은 상대적으로 칙칙하고 못생겼다는 말처럼 들려 기분이 좋지 않을 수 있습니다. 직장 회의 시간에 일 잘한다고 칭찬받는 직원 외에 같은 공간에 있는 다른 사람들은 기분이 어떨까요? 조직에 보탬이 되지 않는다는 생각에 동기부여 대신 자괴감을 느끼고 위축될지도 모릅니다. 칭찬도 조언이나 꾸중처럼 은밀히 일대일로 남들이 보지 않는 곳에서 하기를 권합니다. 막상 공개석상에서 칭찬받는 당사자도 마음이 편하고 기쁘지만은 않습니다. 주변에서 경쟁 상대로 의식해 시기와 질투의 대상이 될 수 있기 때문입니다.

자리에 없는 사람을 칭찬하는 것 역시 나머지 사람들을 기분 나쁘게 합니다. 굳이 같이 있지 않은 누군가를 콕 집어 인물이 잘났다느니, 총명하다느니, 인간관계가 좋다느니 해서는 안 됩니다. 부모가 공부 잘하는 자녀만 공개적으로 칭찬하고, 상급자가 자리에 없는 직원을 굳이 칭찬할 경우 그 가정, 그 조직이 건강할까요.

지나친 칭찬이 필요할 때

한국인, 그중에서도 기성세대일수록 칭찬을 받아보지 못하고 성장해서인지 가족이나 주변 사람들을 칭찬하는 데 인색한 편입니다. 잘한 일에 대해 칭찬해본 경험이 없거나 잘한 일을 당연한 것으로 치부하고, 부족하거나 실수한 부분만 평가하는 경우가 많습니다. 특히 일이 잘못되었을 경우에는 즉각 반응하는데, 켄 블랜차드가 쓴 《칭찬은 고래도 춤추게 한다》에서는 이것을 '뒤통수치기 반응'이라고 부릅니다.

필자가 20년 전쯤 미국에서 1년 동안 지내면서 놀랐던 경험이 있습니다. 나이 지긋한 강사에게 스키를 배웠는데, 처음 해보는 거라 넘어질까 두려워하던 제게 그는 "잘한다!", "최고다!", "완벽하다!"며 칭찬을 아끼지 않았습니다. 덕분에 그를 믿고 중급자 코스까지 겁도 없이 따라갈 수 있었습니다. 또 운 좋게 골프를 처음 배우게 됐을 때, 서툰 스윙에도 젊은 강사는 "Beautiful!", "Perfect!"를 연발하며 생초보인 필자를 안심시키고 맘껏 골프채를 휘두르게 했던 기억이 생생합니다.

반면에 한국에서 수영이나 테니스를 배웠을 때 필자는 단 한 번도 칭찬을 받은 적이 없었습니다. 안 그래도 돌고래처럼 날아다니는 기존 회원들에게 주눅들어 있는데, 칭찬은커녕 비교나 안 당하면 다행이었습니다. 운전은 말할 것도 없지요. 오죽하면 부부가 운전을 가르치다 그 차로 가정법원 앞에 도착해 이혼한다는 우스갯소리가 있겠습니까.

칭찬에 구걸 말고, 비난에 주눅 금지

그렇다고 평생 칭찬의 노예로 살아갈 수는 없는 노릇입니다. 칭찬이 꼭 득이 되는 것만도 아닙니다. 남이 해주는 칭찬과 인정에 목말라하는 대신 내가 먼저 칭찬하고 인정하고 격려해준다면 오히려 칭찬의 노예가 아니라 칭찬의 주인이 될 수 있지 않을까요. 가끔 아니 자주 스스로에게도 다음과 같은 칭찬을 해주세요.

- 오늘 그 상황에서 격분하지 않고 잘 참았어. 멋지다, 나라는 사람.
- 하기 싫은 분리수거, 아내한테만 떠넘기지 않고 내가 했네. 참 잘했어.
- 거울 보다 깜짝 놀랐네. 웃으니까 근사하네.

"남이 비소(鼻笑)하는 것을 비수(匕首)로 알고, 남이 조소(嘲笑)하는 것을 조수(潮水)로 알라"는 옛 말씀처럼 전쟁 중에 대장은 비수를 얻어야 적진을 헤쳐 나올 수 있고, 용은 조수를 이용해야 하늘로 올라갈 수 있습니다. 세상을 살다 보면 칭찬보다는 비웃음과 손가락질을 받을 때도 많을 것입니다. 칭찬에 연연해 자기중심을 잃기보다 비소와 조소를 역이용하는 지혜와 용기를 지녔으면 좋겠습니다.

그리고 다시 봄

'겨울을 지내보아야 봄 그리운 줄 안다'는 속담이 떠오릅니다.
춘하추동 사계절을 견뎌온 당신은
봄을 맞이할 자격이 차고도 넘칩니다.

1. 마음을 울리고, 세상을 울리는 사람들

"군자는 남의 아름다움을 이뤄주고, 남의 추함을 이뤄주지 않으나, 소인은 이와 반대로 한다.(君子成人之美, 不成人之惡, 小人反是.)"

—《논어》 안연 편

여기서 소개할 세 사람이 바로 위의 문구에서 말한 군자의 모습이 아닐까 싶습니다. 늘 자기를 살펴 고치고, 그동안 해온 업(業)을 배움과 덕으로 더욱 널리 펼치는 모습이 지극히 아름답고 숭고하게 느껴지기 때문입니다. 새해가 한 달 정도 지나면 어느새 새 마음은 헌 마음이 됩니다. 다져 먹었던 결심과 각오는 흔들리고, 마음에 새겼던 약속은 또 다른 변명과 구실을 찾느라 분주해집니다. 그런 분들에게 필자가 발견한 여장부(女丈夫) 세 사람을 소개합니다.

세상 뜬 남편 대신 업을 이어 붙이며

혹독한 한파가 몇 날 며칠 계속되더니 드디어 큰 눈이 펑펑 내렸습니다. 세상이 온통 하얗게 변한 날, 이른 점심을 먹고 집을 나섰습니다. 그동안 미루고 미루던 남편 등산화를 수선하기 위해 평소 눈여겨보던 답십리사거리 구둣방을 찾았습니다. 하필이면 대설로 천지가 분간도 안 되는 날을 잡았지 뭡니까. 교차로 신호등이 바뀌기 무섭게 잰걸음으로 모퉁이를 돌아서는데, 흩날리는 눈발 속에서 저만치 백열등 알전구가 노란 불빛을 비추고 있습니다. '휴, 다행이다'라고 속으로 안심하며 드르륵 가게 문을 연 후 "안녕하세요, 사장님?" 하고 인사를 건넵니다.

이곳은 동네에서 가장 오래된 구두 수선집입니다. 40년 가까이 해온 이 일의 진짜 주인은 남자 사장님이었습니다. 언제부터인지 여자분이 가게에 종종 보이더니 아예 사장님 자리를 꿰찼네요. 이게 어찌된 영문인지 몰라 조심스레 여쭤보았습니다.

"사장님이 바뀌셨나요? 남자 어르신은 이제 안 보이시네요. 어디 편찮으신가요?"

대답을 듣지 못해 민망해진 필자는 더는 묻지 못하고 본론을 꺼냈습니다. 등산화 바닥이 많이 망가져서 고칠 수 있는지 물어보았습니다.

"한 3년 됐어요."

낡은 신발 바닥을 잘라내고, 덧대고, 기우고, 못질로 신발 몸체와 단단히 연결시키는 과정을 빨려들듯 지켜보느라 처음에는 제대로 듣지 못했습니다. 아무 대꾸도 않는 제게 그녀는 다시, "칠십도 안 된 남편, 담낭암과 황달로 3년 전에 보냈어요. 그이 생전에 어깨너머 배운 것과 밖에서 제대로 교육받은 걸로 닫았던 가게 문 다시 열었어요"라고 덧붙였습니다.

왜 맨손으로 작업하시느냐 물으니 장갑을 끼면 감각이 무뎌져 정교함을 잃어버린다고 합니다. 손톱 밑이며 손바닥과 손등까지 시커멓게 변한 손이 마치 '뻬빠(사포)' 같습니다. 거친 자신의 손을 문대어 운동화며 구두며 장화를 부드럽고 매끄럽게 하니까요.

요즘엔 서방 알기를 개떡같이 아는 세상이 되어서인지 몰라도 남편 구두 반짝반짝 닦아 현관에 대령은커녕 벗어놓은 신발 걷어차거나 밟지 않으면 다행이라고들 합니다. 이 말은 제 뒤에 앵클부츠 한 짝을 들고 온 초로의 여자분이 필자에게 요즘 젊은 것들 흉보며 한 말입니다. 필자 역시 별다르지 않아서 먼지투성이인 남편 신발을 꺼내 놓자니 갑자기 부끄러워지더군요.

한데 구둣방 여주인은 험하고 더러운 데며 온갖 곳을 돌아다녔을 등산화를 소중히 안고 구석구석 매만지고 살피기 시작했습니다. 어디를 헤매고 다녔는지, 어쩌다가 이 모양이 되었는지, 왜 관리는 제때 안 했는지 아무것도 묻지도 따지지도 않았습니다. 그 자그맣고 여린 손으로 낡고 더러워진 신발을 귀한 물건인 양 정성스레 대하는 그녀 머리 뒤로 후광이 퍼지는 듯 마음이 짜르르해졌습니다. 아프고 상처난 마음, 억울함과 분노로 막히고 뭉친 마음에 반창고 붙인다고 다니는 필자는 그날 비좁은 구둣방에서 숨고 싶을 만큼 작아졌습니다.

숟가락 장단에 희로애락 담아

"찐찐찐찐 찐이야. 완전 찐이야. 진짜가 나타났다 지금."

나무 숟가락 두 개를 한 손에 쥐고 유행가 따라 장단을 맞추며 춤추는 이복자 숟가락난타협회 대표. 실용음악과에서 재즈피아노를 전공한 후, 음악치료 석사과정을 공부한 이 대표. 그녀는 일평생 음악학원을 하며 생업을 이어오다, 환갑이 되면서 자신이 하고 싶은 일에 도전했습니다.

이 대표는 평소 피아노를 배우고 싶어도 형편이 되지 않아 아예 시도하지 못하거나, 배우는 과정이 어려워 중간에 포기하는 사람들을 안타까워했습니다. 이에 일상에서 흔히 쓰는 도구를 악기 삼아 연구하고 연습하면서 누구나 쉽게 접근해 즐길 수 있도록 악보를 배우고 익히는 과정을 단순명료하게 만들었습니다. 세모, 네모, 별, 화살표, 이렇게 딱 네 개 기호만으로 만든 그녀만의 악보는 화살표를 따라가다 보면 별도 볼 수 있고, 세모, 네모 다 친구가 될 수 있습니다. 음악에 대한 갈증을 쉬운 악보와 도구로 풀어준 이 대표는 숟가락 난타를 본격적으로 무대에 올린 장본인이기도 합니다.

이 대표는 숟가락난타협회를 만들어 울산을 시작으로 전국을 돌며 대면, 비대면, 남녀노소 가릴 것 없이 강사 양성과 공연에 열중했습니다. 그 공로로 2021년 제40회 스승의 날 기념 '한국강사신문이 선정한 제1회 대한민국 명강사 12인'에 당당히 이름을 올렸습니다. 우리

나라 최초의 숟가락 난타 강사이자 음악가로 활동하며 자신이 양성한 제자들이 전국 방방곡곡에서 숟가락 난타 열풍을 일으키고 있습니다. 힐링·음악치료 분야에서 수상한 만큼 그 정성과 열정을 인정받은 셈이지요.

어쩌면 코로나19는 이 대표에게 인생 2막을 열어준 전화위복의 불씨였는지도 모르겠습니다. 대면 수업 중심이던 음악학원이 코로나19로 직격탄을 맞아 모든 활동이 멈췄을 때, 비대면 온라인 교육을 접하며 활로를 모색할 수 있었으니까요. 30년이 훌쩍 넘도록 운영해온 음악학원을 딸에게 물려준 이 대표는 '내 삶의 주인공'으로 세상을 향해 발걸음을 내디뎠습니다. 노후에 펼칠 로망으로 간직했던 꿈을 실행에 옮긴 것입니다.

흥과 끼라면 지구상에서 둘째가라면 서러울 우리 민족은 악기가 있건 없건 가락과 장단에 맞춰 놀 줄 압니다. 쿵짜락 쿵짝 삐약삐약. 왕년에 젓가락 장단에 맞춰 노래하고 춤춰보셨습니까? 우리나라는 지역마다 독특한 장단이 있습니다. 어디 장단 맞추기가 쉽나요.

즐겁고 행복한 인생 2막을 위해 숟가락 난타를 개발해 전국을 다니며 장단 맞추기를 가르쳐 온 이 대표에게도 가장 어려웠던 것은 인간관계에서 부딪히는 갈등이라고 합니다. 어제 막역한 친구였다 생각했던 사람이 어느 날 적이 되어 자신을 공격해오는 경우는 정말 마음이 힘들었다고 하네요. 평생 음악학원에서 십대 안팎 어린 교육생들만 상대하다 숟가락 들고 만나는 어른들은 영판 달랐으니까요. 스스로 마음 단련하는 법을 익히느라 고생도 했지만, 숟가락 두드리며 가슴 속 진심이 상대에게 전해져서 서로 위안이 되는 따뜻함을 나누었으면 하는 게 이 대표의 바람입니다. 밥 먹던 숟가락이 이제는 신명과 즐거움을 먹고 그 행복을 베풀게 되었습니다.

낮은 곳에 예술을 나누는 천사

하프 소리는 사람이 듣기에 가장 좋은 음파를 낸다고 합니다. 서툰 연주조차도 신경을 긁지 않고, 들으면 마음이 편안해진다고 합니다. 초보자가 연주해도 아름답게 들린다는 게 하프가 지닌 강점이라네요. 심금을 울린다는 말이 그런 게 아닐까요. 하늘에서만 연주할 것 같은 고상하기 그지없는 하프를 지상으로 가져와 누구든 어디서나 배우고 연주할 수 있도록 만든 이가 바로 한국하프교육협회 안영숙 회장입니다. 사실 회장보다 교수라는 호칭으로 오랜 세월 살아온 안 회장은 한국에서 하프 연주자, 일명 하피스트 1세대로 불리는 유학생 1호입니다.

하프 대중화라는 목표에는 우리 국민의 마음이 정서적으로 따뜻해지기를 바라는 안 회장의 소망이 담겨 있습니다. 그런데 하프는 이동과 보관이 너무 불편할 뿐만 아니라 실제 연주할 때도 불편을 넘어 고통을 가져오는 경우가 많은, 정말 까다롭고 비싼 악기입니다. 이런데도 그동안 아무도 문제 제기를 하지 않은 걸 이상하다고 느낀 안 회장은 자신이 직접 이 문제를 해결해보겠다고 용감하게 뛰어들었습니다. 주변의 무관심과 싸늘한 시선을 뒤로하고, 목공학교를 5년이나 다니면서 사서 고생을 한 끝에 결국 그녀는 미니 하프 '줄리'를 만들었습니다. 자신이 배운 것을 나누고, 사람들의 마음을 위로하고 정서적으로 풍부하게 만들겠다는 사명감이 아니었다면 그 힘든 시간을 어떻게 견뎌냈을까요.

최근 그러한 그녀의 노고가 속속 결실을 맺고 있습니다. 2022년 12월 10일 제1회 줄리 하프 국제 콩쿠르 본선을 한국영상대학교에서 열어, 초등부에서 실버 부문까지 전 연령대에 걸쳐 수상자를 선정해 하프 대중화에 앞장서고 있습니다. 또 12월 21일에는 '2022 한국 소비자 베스트 브랜드 대상' 악기 개발 및 하프 교육 부문에서 1위를 차지했습니다. 직접 만든 소형 하프로 하프 대중화와 악기 시장에 새로운 패러다임을 제시한 안영숙 회장. 줄리 하프는 해외 시장에도 진출해 악기 수출은 물론 교육센터를 통해 누구나 쉽게 하프에 접근해 즐길 수 있도록 저변을 넓혀가고 있습니다. 충남 공주시 단골 철물점에서 직접 고른 철사줄을 매어 하프를 손보던 안 회장은 가게에서 즉석 연주를 합니다. 오드리 헵번이 영화 '티파니에서 아침을'에서 연주했던 '문 리버(Moon River)'가 그녀의 손을 타고 계룡산까지 울려 퍼지는 듯합니다.

오늘도 헌 구두 하나 꺼내며

옆 사람 표정과 눈빛에 상처 입고, 가족이 내뱉은 말 한마디가 폐부 깊이 찌르는 송곳이 되어 아플 때면 필자는 신발장을 기웃거립니다. 뭐 고칠 것 없을까 공연히 이 신 저 신 꺼내봅니다. 오늘은 아들 구두를 손볼 차례입니다. 새 신 바닥 앞뒤로 미리 고무창을 덧대면 발바닥도 덜 아프고, 우툴두툴 고무 요철이 미끄럼도 막아주고, 신발 수명도 늘려준다고 하니 일석삼조입니다. 아니나 다를까. 구둣방에 미리 오신 옆자리 손님은 자기 것과 딸내미 롱부츠까지 바닥 창을 덧대달라는 주문을 하네요. 구두처럼 우리 마음에도 다치기 전, 아프기 전 미리 반창고 하나씩 붙여보면 어떨까요.

2. 친절하고 또 친절하면, 행복해지는 것은 '나 자신'

대접받고 싶습니까? 친절하십시오.

존중받고 싶습니까? 친절하십시오.

인정받고 싶습니까? 친절하십시오.

성공하고 싶습니까? 그렇다면 반드시 친절해야지요.

건강하고 싶습니까? 당연히 친절해야지요.

행복하고 싶습니까? 친절하고, 친절하고, 또 친절해야지요.

끊임없이 복 짓는 경주 최부잣집

우리나라에서 존경과 사랑을 받는 부자로 첫손에 꼽히는 이는 아마 경주 최부잣집일 것입니다. 너무나 많은 일화와 뒷이야기가 무성하지만 그 가운데 필자를 놀라게 한 것은 바로 '수평 굴뚝'입니다. 보통 굴뚝은 지붕 꼭대기에 만들어 마을 입구에 들어서면 먼발치에서도 밥 짓는 연기가 하늘로 솟는 게 보이기 마련입니다. 하지만 최부잣집은 마루 아래 섬돌 밑에 가로로 굴뚝을 내 아궁이에 불 땔 때 밥하는 연기가 하늘로 올라가지 못하고 바닥으로 기어가게 만들었습니다. 끼니를 잇지 못하는 배곯는 이웃들에게 설움이 되고 상처가 될까 배려하는 마음에서였다고 합니다.

만물이 가득 찬다는 소만(小滿). 보통 양력 5월 21일쯤으로 추운 겨울을 견딘 보리 이삭이 누렇게 익어가는 시기입니다. 하지만 정작 일반 서민들은 먹을 양식이 떨어져 '한 많은 보릿고개'니 '춘궁기(春窮期)'니 하며 목숨을 부지하기 힘들던 때였습니다.

딱 그런 때 누군가 이른 새벽에 최부잣집 문 앞을 말끔히 쓸고 돌아가면, 안주인이 아침에 일어나 "뉘 집 빗질 자국인가?" 하고 물어 먹을 양식을 보냈다고 합니다. 가난한 살림이지만 양식 구하러 다니기 곤란했을 가장의 체면도 세워주고, 자존심도 구기지 않도록 세심히 배려했던 최부잣집 전통에 마음이 훈훈해집니다. 덕을 베풀더라도 상대를 함부로 하지 않는 친절하고 다정한 마음이 대를 이어 부를 축적하고 유지할 수 있었던 비책이 아니었을까요.

경주 최부잣집이 자리 잡은 터는 명당(明堂)이라고 알려져 있습니다. 음택(陰宅)인 묘지가 아닌 양택(陽宅)인 집이 명당일 경우에는 그 복이 당대에 그친다고 합니다. 하지만 최부잣집은 이렇게 스스로 복을 짓고 또 지어오면서 그 복의 기운을 오랫동안 유지할 수 있었던 게 아닐까요.

남이 버린 행운을 줍는 오타니 쇼헤이

'2023 월드 베이스볼 클래식(WBC)' 결승전에서 일본의 3번 지명타자로 맹활약한 오타니 쇼헤이. 9회 초 그는 다시 마무리 투수로 나와 야구 종주국 미국을 물리치고 우승컵과 대회 MVP까지 차지했습니다. 대회 전체를 통틀어 가장 많은 주목을 받았던 오타니는 훤칠한 키와 출중한 외모뿐 아니라 평소 몸에 밴 특별한 태도와 행동으로 더욱 관심을 끌었습니다. 1994년생인 그는 운동장에서 '쓰레기 줍는 야구선수'로 불립니다. 경기 중 출루를 하거나 투구(投球)하는 사이에 담배꽁초나 휴지가 눈에 띄면 바로 주워 유니폼 주머니에 태연히 집어넣습니다. 그는 이에 대해 다음과 같이 말했습니다.

"다른 사람이 무심코 버린 운(運)을 줍는 겁니다."

오타니가 강조한 운은 그가 고등학교에 진학하면서 직접 만든 '만다라트(Mandal-Art : 목표를 달성하는 발상 기법) 계획표'에도 고스란히 드러나 있습니다. 특히 최종 목표인 '8구단 드래프트 1순위'를 달성하기 위한 9가지 세부 목표 중 하나인 '운'을 이루기 위해 인사하기, 쓰레기 줍기, 청소, 심판에게 공손한 태도, 물건을 소중히 쓰자 등을 계획표에 적어놓았습니다. 요즘 MZ세대 사이에서 오타니 계획표 따라하기가 선풍적인 인기라고 합니다. 어린 나이에 이룬 성공의 밑바탕엔 작은 친절이 쌓이고 쌓여 대운으로 작용한 것이 아닐까 생각됩니다.

오타니가 만든 만다라트

몸관리	영양제 먹기	FSQ 90kg	인스탭 개선	몸통 강화	축 흔들지 않기	각도를 만든다	위에서부터 공을 던진다	손목강화
유연성	몸 만들기	RSQ 130kg	릴리즈 포인트 안정	제구	불안정 없애기	힘 모으기	구위	하반신 주도
스테미너	가동역	식사 저녁7숟갈 아침3숟갈	하체강화	몸을 열지 않기	멘탈을 컨트롤	볼을 앞에서 릴리즈	회전수 증가	가동력
뚜렷한 목표·목적	일희일비 하지 않기	머리는 차갑게 심장은 뜨겁게	몸 만들기	제구	구위	축을 돌리기	하체 강화	체중 증가
핀치에 강하게	멘탈	분위기에 휩쓸리지 않기	멘탈	8구단 드래프트 1순위	스피드 160km/h	몸통 강화	스피드 160km/h	어깨 주변 강화
마음의 파도를 안 만들기	승리에 대한 집념	동료를 배려하는 마음	인간성	운	변화구	가동력	라이너 캐치볼	피칭 늘리기
감성	사랑받는 사람	계획성	인사하기	쓰레기 줍기	부실 청소	카운트볼 늘리기	포크볼 완성	슬라이더 구위
배려	인간성	감사	물건을 소중히 쓰기	운	심판을 대하는 태도	늦게 낙차가 있는 커브	변화구	좌타자 결정구
예의	신뢰받는 사람	지속력	긍정적 사고	응원받는 사람	책 읽기	직구와 같은 폼으로 던지기	스트라이크 볼을 던질 때 제구	거리를 사상하기

만다라트는 위와 같이 가장 가운데 칸에 달성하고자 하는 목표를 적고,
나머지 칸에는 그 목표를 현실로 만들기 위한 계획을 적는다.

세상에서 가장 위대한 종교

"친절은 세상을 아름답게 한다. 모든 비난을 해결한다. 얽힌 것을 풀어헤치고, 곤란한 일을 수월하게 하고, 암담한 것을 즐거움으로 바꾼다."

— 레프 톨스토이

"이 세상에서 가장 위대한 종교는 무엇입니까? 불교도 기독교도 유대교도 회교도 아닙니다. 가장 위대한 종교는 바로 친절입니다. 이웃에 대한 따뜻한 배려가 친절입니다. 친절은 자비의 구체적인 모습입니다. 작은 친절과 따뜻한 몇 마디 말이 지구를 행복하게 한다는 걸 잊지 마십시오."

문득 이 말을 한 법정스님이 그립습니다. '무소유(無所有)'라는 어려운 가르침보다 훨씬 쉬운 '친절(親切)' 한마디에 사랑과 자비, 인(仁)과 존중을 담았으니까요. "사람끼리는 더 말할 것도 없고, 이 세상을 함께 살아가는 모든 존재에 대해서 보다 따뜻하게 대할 수 있어야 한다"고 강조한 법정스님. 스님은 친절과 따뜻한 보살핌이 진정한 대한민국을 이루며 믿고 살 수 있는 세상을 만들 수 있다고, 2004년 하안거(夏安居) 해제 법문과 집필한 책 《아름다운 마무리》를 통해서 누누이 가르쳐주었습니다.

그렇다면 도대체 친절은 뭘까요? 대하는 태도가 매우 정겹고 고분고분한 것을 친절이라고 정의합니다. 그렇다면 친절의 반대말은 무엇일까요? 보통 '불친절'이라고 알고 있습니다. 필자는 '갑(甲)질'이 친절의 반대말이라고 생각합니다.

이해나 권력 관계에서 우위에 있는 사람이 상대방에게 오만하고 무례하게 행동하고, 육체적·정신적 폭력을 행하거나 괴롭히는 환경을 만드는 것을 갑질이라고 할 수 있습니다. 갑질은 누구를 만나든 친절하게 대하고 존중하라는 법정스님의 가르침과 대비됩니다. 운행 중인 항공기를 억지 회항시킨 희대의 '땅콩 유턴' 사건부터, 고용주가 저지르는 끔찍한 폭행과 욕설, 최저임금에 한참 못 미치는 임금으로 '열정 페이'를 강요하는 무수한 사례까지, 우리 사회에는 열거하기 고통스러울 만큼 갑질을 일삼는 경우가 많았습니다.

동안(童顏)과 건행의 비결

미국 노스캐롤라이나 의대 연구팀은 코로나19 기간에 1,059명을 대상으로 조사한 결과, '긍정 공명(Positive Resonance)'이 높을수록 신체적으로 건강하다는 것을 밝혀냈습니다. '긍정 공명'은 타인을 보살피고 배려하고 관심을 갖는 친절한 마음과 태도를 말합니다. 친절을 실천한 사람들은 스트레스 받을 때 분비되는 호르몬인 코르티솔 수치가 평균적인 사람들보다 23% 낮다고 합니다. 나아가 친절함은 염색체가 분열할 때마다 닳아 없어지는 '텔로미어(Telomere)'의 감소 속도를 느리게 해서 노화를 늦춰 어려 보이는 효과까지 있다니, 돈 안 드는 동안(童顔) 수술인 셈입니다.

우리가 진심으로 감사를 표현하고 친절을 꾸준히 실천하면, 기쁨과 행복을 느끼는 신경전달물질인 세로토닌과 도파민이 뇌 속에서 분비된다고 합니다. 기분을 좋게 하고 스트레스를 해소함은 물론, 심장 박동수를 느리게 하고, 관상동맥 질환에 걸릴 위험도 줄여줍니다. 그리고 전에 느꼈던 기분 좋은 경험을 다시 느끼려고 친절한 행동을 계속하게 된다는군요.

친절과 관대함이 삶의 만족도를 높이고, 인간관계를 다정하게 묶어주고, 건강한 몸과 마음을 만드는 데 깊은 상관관계가 있다고 수많은 연구에서 밝히고 있습니다. 더욱이 친절하고 관대한 사람들은 그렇지 않은 사람들보다 더 오래 산다고 합니다. 이뿐 아니라 친절은 전염성이 강해 친절한 행위를 목격할 경우, 다른 사람에게 친절할 가능성이 더욱 높아진다고 합니다. 일종의 '친절 피드백'이자 '친절 부메랑' 효과입니다. 가히 친절이야말로 건강과 행복을 주는 급행열차, '건행선'이라 부를 만한 이유입니다. 그 길은 누구나 이용할 수가 있습니다. 그것도 공짜로 말입니다.

친절 근육, 친절력(親切力) 키우기

타인에게 공감과 관심이 잘 생기지 않는 사람도 있습니다. 친절을 베푸는 사람에게 '왜 굳이' 하며 이해하지 못하는 경우도 있습니다. 이렇게 많은 이득이 있음에도 불구하고 친절을 꺼리는 사람에게는 '의식적인 산책(Awe Walk)'을 권해드립니다. 버클리대학교 폴 피프의 2015년 연구에 따르면, 광활하고 웅장한 대자연뿐 아니라 동네 천변(川邊)을 산책하면서 해질녘 붉게 물든 노을을 보면 자신이 무언가와 연결되어 있다는 느낌을 받을 수 있고, 이는 친절함으로 우리를 이끄는 원동력이 된다고 합니다. 또 '자비 명상(Compassion Meditation)'도 좋습니다. 위스콘신-매디슨 대학의 헬렌 윙(Helen Weng)은 2013년 연구에서 사랑하는 사람, 자기 자신, 낯선 사람, 심지어 적에게조차 호흡에 신경 쓰며 선한 감정을 흘려보낸 집단은 그렇지 않은 집단에 비해 타인이 겪는 고통을 이해하고 감정을 조절하는 뇌 영역이 활발해졌다고 합니다.

필자가 아파트 내 커뮤니티 센터를 이용하면서 목욕 후 반드시 하는 일이 하나 있습니다. 탈의실 머리카락 치우기입니다. 제 머리카락이 굵고 까만데다 숱도 많은 편이라 머리를 말리고 나면 바닥이 장난 아니었습니다. 그때부터 탈의실 바닥 청소를 시작했습니다. 경주 최부잣집에 비할 바는 못 되지만, 날마다 할 수 있는 필자만의 행복한 일상입니다.

그런데 어느 날부턴가 걸레질하는 사람이 하나둘 늘기 시작했습니다. 치우지 않는 사람을 비난하고 흉보는 대신 치우는 사람을 칭찬하고 덕담으로 하루를 열 수 있으니 그야말로 너나없이 좋은 일이 아닐 수 없습니다. 그러니 척추기립근만 키울 게 아니라 친절 근육도 키워봅시다.

또 짬날 때면 '자비 명상'으로 주변 모든 생명에게 행복과 안녕을 빌어주는 마음을 가집시다. 필자는 무생물한테도 자주 말을 건넵니다. 네 식구가 벗어놓은 더러운 빨래를 20년 넘도록 거품 내고 헹구고 짜주느라 고생한 통돌이 세탁기한테 머리도 쓰다듬고, 엉덩이도 톡톡 치며 고맙다 말합니다. 밀린 겨울 이불 빨래까지 하루에 세 번쯤 돌린 날에는 미안하다고 사죄도 합니다. 그 덕분인지 고장 한 번 안 나고 식구처럼 잘 지내고 있습니다. '하루 1친절 운동' 같이 한번 해보시지 않을래요?

3. 용서의 힘, 나도 당신도 살립니다

용서(容恕)란 무엇일까요?

1955년에 태어나 2011년에 세상을 떠난 이 사람은 시리아계 미국인으로 대학에서 철학과를 다니다 중퇴했습니다. 장례를 불교식으로 치른 불교 신자이며, 췌장암 투병 끝에 향년 56세로 생을 마감했습니다. 바로 창의와 혁신의 아이콘이자 지구촌을 하나로 연결한 스마트폰 시대를 연 스티브 잡스(Steve Jobs)입니다.

남다른 업적에도 불구하고 최고의 자리에서 암에 걸려 끝내 일어서지 못한 그는 자신을 버린 생부(生父)를 용서하지 않았습니다. 아들이 불치병에 걸렸다는 이야기를 듣고 마지막으로 꼭 한 번 만나고 싶다는 친아버지의 제안도 거절했습니다. 평생에 걸쳐 품고 있던 아버지를 향한 증오심, 한순간도 용서하지 않았던 그 돌덩이 같은 모진 마음이 병으로 발현된 것은 아니었을까요.

당신은 용서를 구해보거나, 용서를 구하는 상대를 용서한 적이 있습니까? 이 '용서'란 게 왜 이리 힘들까요? 용서가 우리한테 좋은 것일까요? 할 수 있기는 한 것일까요? 용서하면 무슨 이득이 생길까요?

'그 사람이 지은 죄나 잘못한 일에 대해서 꾸짖거나 벌하지 않고 덮어주는 것'이라는 사전의 뜻풀이만으로는 용서의 본질에 다가가기 어렵습니다. 용서(容恕)에서 핵심 단어는 용서할 서(恕)로, 같을 여(如)와 마음 심(心)이 합쳐진 글자입니다. 남의 처지에 동정하는 어진 마음을 '서'라고 합니다. 내 마음과 상대 마음을 같게 하는 것, 그게 바로 용서입니다. 마음이 평정심을 유지할 수 있는 단계로 내 그릇, 얼굴(容)이 깊어지고 넓어진다는 의미입니다. 진정한 용서는 두 마음을 같게 하는 것입니다. 상대 입장에, 그 위치에, 그 상황에 똑같이 처해 헤아려보는 것입니다. 얼마나 고통스러웠을까. 얼마나 아팠을까. 이게 바로 용서하는 마음, 용서하는 자세라고 합니다.

용서에 도달하는 다섯 단계

상담심리학 교수이자 용서 분야 학자인 에버렛 워딩턴(Everett Worthington) 박사. 정작 자신은 1955년에 어머니가 강도 살인을 당했을 때, 정신적 고통과 살인자를 향한 복수심에 사로잡혔다고 합니다. 피해자이자 연구자로서 그는 오래도록 살인자를 용서해야 할지를 놓고 씨름하면서 《용서와 화해(Forgiving and Reconciling)》라는 책을 저술해 우리에게 용서의 다섯 단계 기술을 전해주었습니다. 그는 범인을 증오하는 마음을 극복하는 과정에서 용서의 힘을 느꼈다고 합니다.

그가 말한 용서의 다섯 단계 기술은 다음과 같습니다.

- 1단계(Recall the Heart, 상기하기): 상처를 부인하거나 억지로 잊거나 묻어 두는 것이 아니라 최대한 객관적으로 끄집어냅니다.
- 2단계(Empathize, 공감하기): 나한테 상처를 준 사람과 입장을 바꿔 생각 해봅니다.
- 3단계(Altruistic, 이타심 갖기): 상대를 축복하고 잘되기를 비는 마음으로, 내면의 자유를 느끼게 됩니다.
- 4단계(Commit, 약속하기): 상대를 용서하기로 자신과 약속하고 실행합니다.
- 5단계(Hold on, 견디기): 용서라는 결정에 회의가 들더라도 그 마음을 견 디고 유지합니다.

아들 죽인 살인자 구명운동에 나선 두 아버지

1987년 서울예고 성악과 1학년 재학 중 점심시간에 선배들한테 끌 려가 폭행당해 죽은 고(故) 이대웅 군의 아버지 이대봉 참빛그룹 회장. 해외 출장길에 아들 소식을 전해들은 그는 학교를 다 부숴버리리라 했을 만큼 격분했던 마음을 간신히 고쳐먹었다고 합니다. "제가 난동 을 부리면 아버지가 저리 모질어 아들이 벌을 받았다"는 말을 들을 것 같아, 굳게 마음먹고 감옥에 갇혀 있던 가해 학생을 풀어달라고 담당 검사에게 탄원서를 냈습니다. 그때부터 아들 이름으로 장학회를 만들어 30년 남짓 3만 명이 넘는 학생을 도왔습니다. 더욱이 아들 죽인 원수의 학교인 서울예고와 서울예술학원을 인수해 재정난을 해결해주고, 2023년에는 200억 원이 넘는 사재를 기부해 대형 문화공간 서울아트센터를 완공했습니다.

1958년 미국 필라델피아 해밀턴가에서 무차별 폭행으로 한국인 유학생 오인호 씨가 목숨을 잃었습니다. 부산에 계신 부모님께 쓴 편지를 우체통에 넣고 돌아서는 순간, 11명이나 되는 흑인 청소년들에게 잔인하게 살해당한 것입니다. 1달러도 안 되는 댄스파티 입장료를 구하려고 저지른 일이었습니다. 아버지 오기병 씨는 미성년인 범죄자들을 용서하고 무죄로 석방해달라는 탄원서와 함께, 가난한 수감자들의 직업교육과 사회 적응에 쓰라고 당시로는 큰돈인 500달러를 재판장에게 보냈다고 합니다.

두 아버지는 그렇게 두 아들을 영원히 기릴 수 있게 되었습니다.

용서 안 하면 마음의 병만 커져

'용서'하지 않는 것은 도리어 종교적, 과학적, 의학적 손해를 일으킬 수 있습니다. 용서하지 못한 상태는 내 안에 증오와 복수라는 불을 품고 있는 것과 마찬가지여서, 결국 내 속을 아프고 병들게 하기 때문입니다.

인간의 염색체 끝에 있는 텔로미어(Telomere)라는 조직은 세포 노화

및 질병과 밀접한데, 텔로미어 길이가 짧아지면 수명을 다하게 됩니다. 텔로미어 연구로 2009년 노벨생리의학상을 받은 엘리자베스 블랙번(Elizabeth Blackburn) 교수팀은 '자애(慈愛) 명상'을 통해 남을 사랑하고 가엽게 여기는 마음이 커질수록 텔로미어 길이가 더 이상 짧아지지 않거나 오히려 길어지는 경우를 발견했다고 합니다. 이러한 명상 훈련을 한 집단이 분노와 증오 같은 공격적이고 부정적인 감정에 휩싸인 사람들에 비해 더욱 건강하고 오래 산다는 결과는 다른 학자들의 연구에서도 입증되고 있습니다.

최근엔 하버드 T. H. 챈 보건대학원 연구팀에서 '용서 워크북'을 작성한 사람은 우울감과 불안감이 완화된다는 연구 결과를 내놓았습니다. 용서를 하면 과거를 곱씹는 빈도가 감소해 부정적인 감정이 줄어드는 것으로 나타났습니다. 특히 갈수록 커지는 양극화와 적대감으로 광포해진 현대 사회에서 용서는 우리가 끊임없이 연습해야 하는 평생 과제가 아닐까 하는 생각이 듭니다.

용서, 진정한 마음 치유의 첫걸음

우리는 용서하지 않으면 과거에 얽매이게 됩니다. 그때 그 사건으로 항상 자신을 갖다놓게 됩니다. 당연히 뒷걸음질치는 삶을 살 수밖에 없습니다. 용서는 영어로 'forgiveness'라고 합니다. 무언가를 앞으로 주는 행위를 말합니다. 용서함으로써 뒤로 향하는 게 아니라 앞으로 걸음을 내딛는 것입니다.

　과거로 돌아가는 것이 복수라면, 앞으로 나아가는 것이 용서입니다. 말처럼 쉽다면 용서하지 못할 사람이 없을 것입니다. 노력한다고, 안다고 용서가 되는 것도 아닙니다. 그만큼 힘들고 어렵고 고통스러운 일이지만, 용서해야 내가 살고, 내 병이 낫고, 내 마음이 평안해질 수 있습니다. 그러니 마음 깊숙한 곳에 뒤돌아 있던 자신에게 용서해보자고 용기를 북돋아주세요.

　다음은 이해인 수녀님의 '용서의 계절'이란 시입니다. 당신 스스로를 용서하는 기회가 될 것입니다.

용서의 계절
　　　　－ 이해인

새롭게 주어지는 시간 시간을
알뜰하고 성실하게 사용하지 못하고
우왕좌왕하며 쓸데없이 허비한
당신을 용서해드립니다.
나도 그렇게 했으니까요.

함께 사는 이들에게 바쁜 것을 핑계로 삼아
따뜻한 눈길 한번 주지 못하고

듣는 일에 소홀하며 건성으로 지나친
당신을 용서해드립니다.
나도 그렇게 했으니까요.

내가 어쩌다 도움을 청했을 때
냉정하게 거절한
당신을 용서해드립니다.
나도 그렇게 했으니까요.

다른 사람에게 남의 흉을 보고
때로는 부풀려서 말하고
사실이 아닌 것을 전달하고
그것도 부족해 계속 못마땅한 눈길을 보낸
당신을 용서해드립니다.
나도 그렇게 했으니까요.

감사보다는 불평을 더 많이 하고
나의 탓을 남의 탓으로 돌리는 말을
교묘하게 되풀이한
당신을 용서해드립니다.
나도 그렇게 했으니까요.

사소한 일로 한숨 쉬며, 실망하며

밝은 웃음보다는 우울을 전염시킨

당신을 용서해드립니다.

나도 그렇게 했으니까요.

4. 신이 준 가장 큰 선물, 웃음이라는 묘약

"웃음이 없는 하루는 낭비한 하루다." – 찰리 채플린(영국의 배우 겸 영화 감독)

우하하하하하하하!
한 번 더!
우하하하하하하하!
일단 한 번 웃고 가시지요.

웃을 일이 없다고요?
속 편한 소리 하지 말라고요?
걱정이 태산인데 웃음이 나오냐고요?
그러니까 웃어야 합니다.
그럴수록 웃어야 합니다.
그럼에도 웃어야 합니다.
웃지 않으면 병이 옵니다.
웃음에는 사람이 살면서 깨달은 삶의 통찰과 지혜가 함축되어 있습니다. 허리가 꺾어질 만큼 웃었던 게 언제인지 머릿속에 한 번 떠올려보세요.

흉도 허물도 없이 마냥 좋은 친구, 내 사정 속속들이 알고 있는 친구를 만나러 가는 날, 우리는 저만치 사거리 횡단보도에서 구부정한 어깨에 팔자걸음 딛는 사람을 보는 순간, 한눈에 알아보고 실실 웃기 시작합니다. 시간은 훌쩍 열아홉 나이로 미끄러져 들어갑니다. 그러다 도로 앞까지 마중 나가 얼굴 마주하자마자 입꼬리가 귀에 걸리도록 웃습니다. 말 한마디 없이 보기만 해도 웃깁니다. 웃는 나를 보고 친구는 더 크게 웃습니다.

카페에서 혹은 거리에서 사랑에 빠진 사람은 한눈에 봐도 티가 확 납니다. 옆에서 듣기에 말 같지도 않은 말에도 서로 활짝 웃습니다. 아무것도 아닌 것에도 깔깔거리고, 별것 아닌 걸 보면서도 키득키득합니다. 두 눈을 반짝이며 상대가 하는 말에도 귀를 쫑긋 세우고, 시답지 않은 얘기에도 손뼉을 치며 연신 얼굴에서 웃음이 떠나지 않습니다. 그 순간엔 정말이지 세상 부럽지 않을 만큼 아름답고 잘생겨 보이기까지 합니다.

'좋을 때다' 하는 생각이 드시나요? 당신도 그렇게 예쁘고 멋진 순간이 분명 있었습니다. 이제부터라도 다시 사랑하고 다시 웃고 다시 아름다워집시다.

만병통치 명약, 웃음

"우리 몸에는 완벽한 약국이 있다. 우리는 어떤 병도 고칠 수 있는 강력한 약을 가지고 있다. 그것은 웃음이다."

— 노먼 커즌스(1915~1990)

"소가 웃을 일이다."

기가 막히고 어이없는 일을 당했을 때 흔히 쓰는 표현입니다. 이 말은 곧 소는 웃지 못한다는 말과 같습니다. 동물도 감정을 느끼고 밖으로 드러내지만, 기쁨을 웃음으로 표현하지는 못합니다. 필자도 '벼리'라는 반려견과 17년째 같이 살고 있지만, 단 한 번도 웃는 모습을 본적이 없습니다. 동물은 사람과 달리 안면 근육이 웃을 수 있게 발달되지 않은데다 웃음이 생존에 필수적이지도 않습니다.

웃음은 인간이 지닌 심리적 반응이며, 문화적 의미를 갖고 있습니다. 복잡한 감정과 생각을 웃음 속에 담고 있기 때문입니다. 눈웃음, 코웃음, 너털웃음, 헛웃음, 비웃음, 박장대소, 파안대소, 포복절도, 요절복통 등 갖가지 웃음으로 우리는 마음 상태를 나타냅니다.

컬럼비아대학교 졸업 후 〈뉴욕 이브닝 포스트〉 기자로 활동하다 〈새터데이 리뷰〉로 옮긴 뒤 30년을 편집장 겸 발행인으로 활동한 노먼 커즌스(Norman Cousins). 그는 50대 초반 강직성 척추염이라는 희귀병에 걸려 침대에서 옴짝달싹 못한 채 통증에 시달렸습니다. 병원에서 더 이상 해줄 게 없다는 걸 깨달은 그는 근처 호텔에 방을 잡고 코미디 비디오를 빌려 보며 실컷 웃었습니다. 한참을 웃고 나니 극심한 고통이 사라지고, 염증 수치가 줄어들었으며, 어느새 진통제 없이도 편히 잠들 수 있게 되었습니다. 웃음 치료 효과를 경험한 그는 6개월 만에 다시 걷게 되었고, 두 해 뒤 직장으로 돌아갈 수 있었습니다.

노먼 커즌스는 한 발 나아가 의과대학과 병원 관계자들을 설득해 웃음이 가진 의학적 효과를 집중적으로 연구하기 시작했습니다. 그리고 75세 되던 해에 《웃음의 치유력》이라는 책을 펴냈습니다. 이 책은 출간되자마자 엄청난 반응을 얻으며 세계적인 베스트셀러가 되었습니다. 그는 유효기간이 없어 부패하지도 않는 최고의 명약이 바로 웃음이고, 만병을 막아주는 방탄조끼가 웃음이며, 게다가 웃음은 공짜라고 역설했습니다. 또한 그는 웃음이야말로 참으로 놀랍고 긍정적인 최고의 약이자, 신이 인간에게 준 가장 큰 선물이라고 고백했습니다.

웃음이 주는 백만 가지 효능

'웃음학'을 개척한 노먼 커즌스의 《웃음의 치유력》을 비롯해 리 버크와 스탠리 탠 의대 교수가 발표한 논문 〈웃음과 면역체계〉, 40년 가까이 웃음을 연구해온 스탠퍼드대학교 심리학과 프라이 교수 등의 연구를 종합해 웃음의 대표적인 효능을 정리하면 다음과 같습니다.

- 웃으면 통증을 줄이는 호르몬이 200~300배 많이 나옵니다.
- 웃다 보면 면역력이 증가하고 감기를 예방합니다.
- 웃음은 천연 혈액순환 개선제입니다.
- 웃으면 화난 사람이 아니라 환한 사람이 됩니다.
- 웃을 때 제일 예쁘고 가장 멋있습니다.
- 웃으면 어려 보입니다.
- 웃음은 조직의 유대감을 높여주고, 창의적인 사고를 가능하게 합니다.

물론 이 외에도 웃음이 주는 긍정적 효능은 무수히 많습니다. 그러니 하루하루 웃음을 잃지 마시기 바랍니다.

가장 빨리 웃는 방법, 까꿍 인사

숨 막히는 긴장 상황에서 누군가 터뜨린 웃음이 관계를 탁 풀어줄 때가 있습니다. 막힘을 뚫어주고 관계를 되살려주는 웃음이란 선물을 어떻게 활용하면 좋을까요. 아이 같은 마음, 동심을 회복하는 것이 웃을 수 있는 지름길입니다.

억지로 웃기도 힘든 당신께 가장 쉽고 빨리 웃는 방법을 알려드리겠습니다. 바로 까꿍 인사입니다. 필자가 강의 초반에 객석을 돌아다니며 나누는 인사 절차입니다. 까꿍 하면서 화내는 사람은 여태 보지 못했습니다. 당신도 저와 같이 해보시겠습니까. 두 사람이 짝을 지어 먼저 오른손으로 악수하며 "반갑습니다" 하고 인사합니다. 이번에는 악수한 오른손 위로 왼손을 마주 잡고 악수하며 "고맙습니다" 하고 인사합니다. 이제 가장 중요한 순간입니다. 악수로 교차한 양손을 머리 위로 들어 상대와 눈을 맞춘 채 "까꿍" 하고 인사합니다. 백이면 백 반드시 웃음이 터집니다. 꼭 해보셔야 그 진가를 알 수 있는 게 까꿍 인사입니다. 20대 젊은이부터 70~80대 어른까지 직접 같이 해보고 드리는 말씀입니다.

누구와 어떤 자리에서든, 공적 모임이든 사적 모임이든 '까꿍 인사'를 하는 순간 웃음이 빵 터집니다. 아이를 보듯 무장해제되면서 한순간에 마음이 활짝 열립니다. 웃을 수 있는 마음 상태가 됩니다. 웃음의 지름길이 맞으니 꼭 자주 해보시기 바랍니다. 당장 남편, 아내와 해보시면 압니다.

공자 맹자 노자 대신 웃자 살자 놀자

웃음은 백 마디 말보다 효과도 훨씬 크고, 반응도 즉각적입니다. 나라마다 언어, 문자는 달라도 웃음은 만국 공용어로 만인의 소통 수단이 됩니다. 특히 상대에게 호감을 느끼고, 같은 생각이라는 맞장구, 같은 편이라는 신호를 나타내는 관계의 척도가 바로 웃음입니다. 미국 메릴랜드대 심리학과 교수인 로버트 프로바인은 한 연구를 통해 인간은 혼자 있을 때보다 다른 사람과 같이 있을 때 30배 더 많이 웃는다고 주장했습니다.

　웃음이라는 신이 주신 선물을 마다해서야 되겠습니까. 얼른 받아서 잘 써먹어야 합니다. 공자도 맹자도 노자도 좋지만, 성인 말씀을 그대로 실천하기는 매우 힘듭니다. 하지만 웃으며 살고 재밌게 노는 건 해볼 만합니다. 웃자, 살자, 놀자, 그리고 지화자! 웃으면 복이 와요(笑門萬福來). 한 번 웃으면 한 번 젊어지고, 한 번 화내면 한 번 늙어지니까요(一笑一少 一怒一老). 우하하하!

5. 감사는 보물찾기처럼 발견하는 것

감사는 누가 주는 것이 아닙니다. 또 저절로 주어지는 것도 아닙니다. 감사는 찾아내는 것입니다. 내가 직접 찾지 않으면 절대 발견할수 없는 보물찾기와 같습니다. 하루를 항상 감사로 마무리해보면 어떨까요.

초등학교 시절 소풍의 백미는 뭐니 뭐니 해도 보물찾기였습니다. 장기자랑도 좋고, 김밥에 사이다 먹는 것도 좋지만, 보물찾기만큼 간절히 기다려지는 시간은 없었습니다. 그 시절 보물찾기는 학생 숫자만큼 보물이 넉넉하지 않고, 찾기 힘든 곳에 감춰져 있다는 게 아쉬운 점이었습니다. 하지만 감사라는 보물찾기는 보물 숫자가 충분할 뿐만아니라 누구나 마음만 먹으면 쉽게 찾을 수 있습니다. 심지어 남들이 불운이나 불행, 불평, 불만이라고 생각하는 것을 감사로 받아들이는순간, 새로운 보물이 생겨난다는 게 가장 특별합니다.

감사는 나에게 없는 것을 찾는 것이 아닙니다. 내게 있는 것, 아무리 남들 눈에 하찮아 보일지라도 내가 이미 갖고 있는 것들을 소중하게 바라보는 것입니다. 감사는 거기에서 출발합니다.

불행을 은혜로 돌리는 마법

마쓰시타 고노스케(1894~1989)는 일본에서 '경영의 신'이라 불리며 나쇼날, 파나소닉, JVC 같은 세계적인 브랜드를 만든 마쓰시타(松下) 전기의 창업주입니다. 생전에 한 인터뷰에서 성공 비결을 묻자 그는 하늘로부터 세 가지 은혜를 입었기 때문이라고 답했습니다. 가난한 것, 병약(病弱)한 것, 못 배운 것이 바로 그가 꼽은 세 가지 은혜라고 합니다.

"가난하게 태어난 덕분에 부지런히 일하지 않고는 잘살 수 없다는 진리를 깨달았네. 또 허약하게 태어난 덕분에 건강의 소중함을 일찌감치 깨달았지. 몸을 아끼고 건강에 힘썼기 때문에 아흔이 넘은 지금도 겨울에 냉수마찰을 한다네. 그리고 알다시피 나는 초등학교 4학년 중퇴한 것이 내 학력의 전부야. 그 덕분에 항상 이 세상 모든 사람을 나의 스승으로 받들고 배웠다네. 이런 불행한 환경들이 나를 이만큼 성장시켜주었으니 하늘이 준 은혜라고 생각하고 늘 감사하며 살고 있다네."

보통 사람이라면 평생 부모를 탓하고, 하늘을 원망하며, 불행 속에 자신을 가두었을 것들입니다. 하지만 그에게는 그것들이 하늘이 준 축복이자 은혜였습니다.

고마운 게 없는 당신에게

"너는 그게 고맙지 않니?"

"왜요? 저는 하나도 고마운 게 없는데요. 그 정도는 당연한 거 아니에요?"

은진 씨는 아들 이야기를 듣자 뒤통수를 한 대 세게 맞은 기분이었습니다. 팔십 넘은 아버지가 혼자 된 아들을 위해 좋아하는 육회거리 장을 봐오셨는데 한다는 말이 그 모양이라니요.

괘씸하고 서운해만 할 일은 아닙니다. 찬찬히 아들 마음을 들여다봐야 할 때입니다. 요즘 들어 눈도 마주치지 않고, 늘 성난 얼굴로 자기 방에만 처박혀 있기 일쑤에 고마운 게 없다는 말은 자기 마음이 상처받고 병들어 있다는 신호일 수 있습니다. 누구를 만나도, 무엇을 보아도 자기 기대와 욕심에 못 미치는 것들뿐이라 불평, 불만이 꽉 찬 상태여서 고마운 맘이 들어갈 틈이 없을 테니까요.

'때문에'라는 안경을 벗을 때

2018년에 개봉한 영화 '레슬러'는 비인기 스포츠로 인식되고 있는 레슬링을 소재로 하고 있습니다. 귀보(유해진 분)의 뒤를 이어 레슬링 국가대표 선발전을 눈앞에 둔 아들 성웅(김민재 분)이 갑자기 결승전 문턱에서 사라지면서 둘 사이에는 그동안 숨겨왔던 갈등이 폭발합니다. 아내와 일찍 사별하고 웃음을 잃은 아버지 귀보를 위로하고자 시작한 레슬링 놀이가 국가대표 선발전까지 이르자 아들 성웅은 이건 자신의 꿈이 아니라고 호소합니다. "내가 누구 때문에 홀로 너를 키우며 고생했는데, 이제 와서…"라고 말하는 귀보는 성웅을 이해하지 못하고, 성웅은 한 번도 자신에게 꿈이 뭐냐고 묻지 않았던 귀보를 납득하지 못합니다.

이 영화에서처럼 자식은 부모가 이루지 못한 꿈을 대신 이루어주는 한풀이 대상이 아닙니다. "내가 누구 때문에 이렇게 힘든데", "내가 너희들 때문에 이혼하지 않는 거야" 같은 말들은 자녀에게 큰 상처를 줍니다. 부모의 불행이 자신 때문이라는 죄책감과 미안함은 무력감, 좌절, 분노로 이어지기 쉽습니다. '때문에'라는 지옥에서 빠져나와야 합니다. 매사를 '때문에'라는 안경으로 보면 불평, 불만, 부정적인 생각들만 가득 차게 됩니다.

밥 한 그릇의 여정(旅程)

'감사(感謝)'는 고맙게 여기는 마음을 뜻합니다. 고마운 마음을 표현하는 것도 감사입니다. 우리말 '고맙습니다'도 앞에서 필자가 풀이한 것처럼 당신은 '고마(신을 뜻하는 옛말)'와 같이 귀한 존재라는 깊은 의미를 내포하고 있습니다. 즉, 감사와 고마움은 내 앞에 있는 존재를 하늘과 같이, 신과 같이 귀하게 여기고 존경하는 마음을 담고 있는 것입니다.

히스이 고타로의《하루 한 줄 행복》을 보면 일본 사람들이 가장 많이 쓰고 일본을 대표하는 말로 '이타다키마스(いただきます, 잘 먹겠습니다)'와 '고치소사마(ごちそうさま, 잘 먹었습니다)'를 꼽는다고 합니다. '이타다키마스'는 '하늘과 땅의 은총을 젓가락을 높이 들어 받겠습니다'를 줄인 말로, 나를 위해 생명을 내준 식재료에게 깊이 감사하는 마음이 깃들어 있다고 합니다. 사실 밥 한 그릇만 해도 씨 뿌리고 키운 농부의 정성, 비와 햇볕과 바람으로 함께 한 하늘의 정성, 탈곡과 정미, 유통 그리고 깨끗이 씻어 밥을 한 정성까지 긴 여정을 거쳐 상에 오르지 않습니까. '고치소사마'는 일본식 한자로 'ご馳走様'인데, '馳走'는 둘 다 '달리다'는 뜻으로, 이 식재료가 내게 오기까지 분주히 뛰어다닌 모든 사람에게 감사드린다는 의미라고 합니다.

감탄-감사-감동의 삼위일체

몸도 마음도 지친 퇴근길, 라디오에서 흘러나오는 사연이 버스에 탄 승객들을 위로하고 감사와 감탄, 감동의 물결을 이룹니다.

"마을 경로당 어르신들이 모두 모였습니다. 수능을 앞둔 인근 고등학교 3학년 학생들에게 한 명도 빠짐없이 돌아가도록 손수 초코과자를 만들어 전달했습니다. 선물을 받아든 학생들이 고마워하며 감동의 눈물을 흘렸다고 합니다."

감사에 주파수를 맞춘 사람들의 마음을 울려, 감사의 파동이 일렁입니다. 감탄-감사-감동이 삼위일체처럼 움직입니다. 아, 감탄하는 한 사람에 머물지 않고, 감사는 또 다른 감사를 낳고, 더 큰 감동을 불러일으키고, 더 넓은 바다로 나아갑니다.

감사가 바꾸는 세상

#장면1

무인(無人) 카페에 문이 열립니다. 초등학생으로 보이는 두 아이가 들어오더니 목이 말랐는지 물을 마십니다. 갑자기 한 아이가 CCTV를 향해 깍듯이 고개를 숙여 인사를 합니다. 가게 문을 닫고 나가면서도 두 아이 모두 고맙다며 인사를 합니다.

#장면2

골목길에서 앞서 달리던 오토바이 운전자가 흘린 돈을 발견한 고등학생. 망설이다 휴대폰을 꺼내 사진을 찍더니 바닥에 흩어진 지폐를 줍습니다. 그 길로 사거리 경찰서에 갖다 줍니다. 그 광경이 CCTV에 찍히고 나중에서야 하루 번 돈을 예금하러 가던 식당 주인이 잃어버린 것이라는 걸 확인합니다. 수소문 끝에 그 고등학생을 찾아 감사 인사를 전하고, 평생 공짜로 국밥을 대접하겠다고 약속합니다.

#장면3

무인 아이스크림 가게. 어른들 속에 한 초등학생이 계산대 앞에서 한참을 머뭇거리더니 동전을 기계 뒤편에 놓고는 CCTV를 쳐다보며 주인에게 손가락으로 신호를 보냅니다. 아이스크림 값 여기에 두고 간다는 뜻이지요.

최근 들어 무인점포가 점점 늘어나면서 주인이 지키지 않는다고 물건을 함부로 집어가거나, 바닥에 용변을 보는 등 파렴치한 일들이 간혹 뉴스에 등장하곤 합니다. 부끄러운 어른들의 기사 속에 별처럼 아름다운 아이들 이야기가 가슴을 찌르르 울립니다. 학교 폭력에 손가락질하고 버르장머리 없다고 요즘 아이들 욕하다가 정작 내 곁에 다가온 착하고 아름다운 천사를 놓치고 있는 것은 아닌지 되돌아보게 합니다.

#장면4

코로나19 시국이 길어져 우리 국민 모두 지쳐갈 즈음, 2020년 보건복지부가 '#덕분에챌린지'로 의료진을 위한 릴레이 응원 이벤트를 펼친 것을 기억할 것입니다. 국민은 의료진에게 수어(手語)로 '존경합니다'라고 표현하고, 의료진은 국민에게 '감사합니다, 자부심을 느낍니다'라는 뜻을 담은 손동작을 공식 SNS에 올렸습니다. 숨막히는 장비를 껴입은 채 밤낮없이, 더위도 추위도 아랑곳하지 않고 방역과 치료에 매진했던 의료진에게 감사하는 마음을 담아, 글로 영상으로 나눴던 아름다운 시간이었습니다.

다음은 2015년 4월 어느 날, 필자의 작은아들이 신병 훈련을 마친 후 자대 배치를 받고 나서 부모 초청 행사에서 세족식(洗足式)을 하며 읽어준 '100가지 감사' 중 일부입니다.

1. 어머니가 태어나주셔서 감사합니다.

2. 아버지가 태어나주셔서 감사합니다.

3. 아버지, 어머니를 존재하게 해주신 조상님들께 감사합니다.

4. 어머니가 탈없이 무사히 자라셔서 감사합니다.

5. 아버지도 건강하게 잘 자라주셔서 감사합니다.

6. 부모님이 잘 만나셔서 감사합니다.

7. 부모님이 결혼하셔서 감사합니다.

8. 저의 형을 낳아주셔서 감사합니다.

9. 저를 낳아주셔서 진심으로 감사합니다.

10. 저와 형이 세상을 느낄 수 있도록 건강하게 낳아주셔서 정말 감사합니다.

11. 제가 부모님을 볼 수 있는 건강한 눈을 주셔서 감사합니다.

12. 부모님의 목소리를 들을 수 있는 귀를 주셔서 감사합니다.

(중략)

20. 형, 수능 끝나고 힘든 기간 잘 버텨주셔서 감사합니다.

21. 저 수능 끝나고 진짜 위험한 순간 잘 넘어가주셔서 감사합니다.

(중략)

27. 늘 저를 믿어주시는 아버지께 감사합니다.

(중략)

63. 제 사생활을 존중해주셔서 감사합니다.

(중략)

77. 우리 가족이 최고여서 감사합니다.

(후략)

당시 아들이 울면서 읽어 내려가느라 세세히 몰랐던 내용이 이제야 가슴에 콕콕 들어옵니다.

그런 정답은 없습니다
마음 미장공이 전하는 맘, 몸, 말 이야기

초판 1쇄 인쇄 | 2024년 9월 10일
초판 1쇄 발행 | 2024년 9월 16일

지은이 | 박경희
펴낸이 | 김진성
펴낸곳 | 벗나래

편   집 | 오정환, 허민정, 강소라
디자인 | 유혜현
관   리 | 정서윤

출판등록 | 2012년 4월 23일 제2016-000007
주   소 | 경기도 수원시 장안구 팔달로237번길 37, 303호(영화동)
대표전화 | 02) 323-4421
팩   스 | 02) 323-7753
홈페이지 | www.heute.co.kr
전자우편 | kjs9653@hotmail.com

ⓒ 박경희 2024
값 17,000원
ISBN 978-89-97763-61-0 (03810)